COLLECTION FOLIO

Jean-Marie Rouart

de l'Académie française

La guerre amoureuse

Gallimard

Jean-Marie Rouart, né en 1943, est l'auteur de plusieurs romans, dont *Avant-guerre (*prix Renaudot) et *Une jeunesse à l'ombre de la lumière* (Folio n° 3768), d'un essai sur le suicide (*Ils ont choisi la nuit*) et d'essais biographiques : *Morny, un voluptueux au pouvoir* (Folio n° 2952) et *Bernis, le cardinal des plaisirs* (Folio n° 3411).

Il a été élu à l'Académie française en 1997 au fauteuil de Georges Duby.

L'amour pour un instant, l'amour jeu et distraction dans l'ennui, l'amour, ivresse du sang et non de l'âme, l'amour — cauchemar de malade, non, je ne regrette pas cet amour-là.

ISABELLE EBERHARDT

L'amour dont la guerre est le moyen et dont la haine mortelle des sexes est la base.

NIETZSCHE

PREMIÈRE PARTIE

1

J'allais vers un pays froid. Je m'y rendais seul et pas de gaieté de cœur. Avec même un sentiment de punition. Ce n'était pas tant de m'aventurer dans une contrée gelée qui me glaçait que l'impression déprimante de tourner résolument le dos à l'amour. La Finlande ne se prête pas aux rêves voluptueux ni à la galanterie, ni même à la fantaisie. Elle est géographiquement et sentimentalement plate, tétanisée huit mois sur douze par la présence du cercle polaire. Et un pays qui n'évoque pas l'amour, où l'on ne court pas le risque d'être foudroyé par la passion, mérite-t-il le nom de pays ? Alors pourquoi y aller ? Par devoir ! Par une de ces obscures obéissances aux servitudes volontaires que l'on se crée pour se racheter d'avoir si souvent cédé aux invites du soleil, aux séductions des mers tièdes et à la facilité des corps bronzés.

Ce qui rendait ce voyage plus austère encore et l'empoussiérait d'ennui, c'était son objet : une conférence. Le sujet ne l'épiçait pas davantage : la critique littéraire. On trouve peu de thèmes moins affriolants. Évoquer un écrivain, soit ! Un être vivant avec du sang et des larmes, il y a toujours un peu de feu en lui qui allume l'imagination. Mais la critique littéraire ! C'est remuer des cendres. La perspective de parler pendant deux heures de cette question un peu grise devant un public qui, par destination, devait être un peu grisâtre lui aussi dans l'atmosphère aseptisée d'un campus septentrional ne comportait rien d'excitant.

Pourquoi n'étais-je pas tombé malade ? Pourquoi n'avais-je pas trouvé à la dernière minute un prétexte pour me dédire ? Oui, pourquoi ? Trop tard. J'étais dans l'avion. Et plus il fonçait vers sa destination de tout son potentiel de kérosène et plus j'avais du mal à me convaincre de l'intérêt de la question que j'allais exposer. D'avance, je pardonnais à mes futurs auditeurs leur manque d'appétence. J'aurais volontiers excusé leur défection. S'il n'avait tenu qu'à moi, je leur aurais même conseillé de se livrer à des activités plus roboratives : aller pêcher le saumon dans leurs rivières glacées, chasser l'élan dans les landes pierreuses, bref profiter tant qu'ils en avaient encore le loisir de l'apparition de leur chétif soleil.

Je m'imaginais seul dans la salle vide. Seul, pas tout à fait. Car je me souvins de la promesse faite par Birgitt Bollstrom-Borjom de venir assister à mon exposé. Elle au moins serait là. Je n'en doutais pas. Elle avait trop insisté pour se défiler. Et, à elle seule, cette redoutable personne occupait du volume, un volume mental s'entend car c'était un petit modèle bien proportionné, animé d'une énergie, d'une exubérance peu communes. Une Méridionale de Finlande, à coup sûr, pas un de ces glaçons neurasthéniques qui devaient pulluler sur cette banquise luthérienne. Le hasard me l'avait fait rencontrer plusieurs fois à deux mois d'intervalle au Centre culturel suédois. En cinq minutes, elle m'avait raconté sa vie. Aucune timidité ou réserve superflues ne bridait ses confidences. Elle ne s'embarrassait pas des précautions d'usage et raccourcissait au minimum les manœuvres d'approche. Ce petit bout de femme lyrique et excitée frisait une prometteuse hystérie dès que l'alcool blanc colorait ses joues de rose. Ronde, potelée, dodue, il se dégageait d'elle une appétissante lubricité qui faisait briller ses petits yeux porcins.

Elle était mariée à un très riche et très influent industriel suédois installé en Finlande qui l'adorait et lui passait ses caprices. Tout de suite, elle m'avait parlé de son mari — pas l'industriel richissime, non, l'autre, son premier mari qui semblait l'occuper beaucoup plus et dont le profil était tout différent. Il s'agissait du fameux peintre et sculpteur finlandais Molnar, Gustav Molnar, un monument national. Elle l'évoquait à tout bout de champ avec un enthousiasme surprenant de la part d'une femme fraîchement remariée, ne celant rien de leurs anciennes relations passionnées, de leur vie tumultueuse et vantant sans fausse modestie le rôle qu'elle avait joué dans son art.

Je ne pouvais m'empêcher de me demander en l'écoutant pourquoi un divorce et un remariage avaient mis fin à une union aussi exceptionnelle. Le mot « rupture » était en l'occurrence une clause de style : elle ne l'avait pas tout à fait quitté puisque son nouveau mari était devenu le mécène et l'admirateur de Molnar. Dans mon for intérieur, je plaignais sincèrement ce pauvre milliardaire que sa trépidante épouse devait tympaniser avec son encombrant génie.

« Nous organiserons un dîner pour vous présenter Molnar, vous pourrez aussi admirer ses œuvres. » Elle avait ajouté en papillonnant des yeux : « Et m'admirer par la même occasion. » Elle avait susurré mezza voce : « Il y a des sculptures de moi un peu osées, j'espère qu'elles ne vous choqueront pas. Et puis c'est de l'art après tout. Un numéro spécial de votre revue sur Molnar, cela aurait de la gueule, non ! » Ce que l'on appelle une femme directe.

L'avion de la Scandinavian Airlines n'avait pas l'air de rebrousser chemin. Je devais prendre mon parti de ce voyage qui se présentait sous les plus lugubres auspices. Je pris le livre que j'avais emporté pour meubler les heures creuses : une biographie de Benjamin Constant par Alfred Fabre-Luce. Ce livre tombait à pic. Rien de tel que l'existence de cet amoureux enfiévré pour réchauffer l'atmosphère de ce coin polaire. Rien de tel qu'une vie désordonnée pour donner du piquant à cette banquise figée dans la rigueur puritaine. J'ouvris le vieux volume non massicoté aux pages d'un jaune sale qui trahissait sa date de parution, 1939. La drôle de guerre. Drôle d'époque pour sortir un livre ! Aucune chance que Benjamin ne remonte le moral des troupes. Je lus sous le titre du chapitre « Un jeu d'enfer » : le 26 août 1814, le journal intime porte cette note : « Le règne de Juliette commence. » C'était un bon début. Il ne réussit pas à me retenir. Je sombrai dans le sommeil. Je ne me réveillai que lorsque l'hôtesse annonça que nous allions atterrir à Helsinki.

L'avion plongea sur une ville construite au milieu des eaux, qui baignait dans cette clarté boréale aussi fade et imprécise qu'une veilleuse, sans la franchise du plein jour ni le sombre éclat de la nuit. La mer et la terre semblaient, à l'issue d'un combat incertain, ne pas être parvenues à décider qui, de l'une ou de l'autre, devrait céder la place. D'où ce compromis engendrant tant d'îles avec leur sombre chevelure de sapins entre lesquelles des flottilles de petits bateaux blancs se précipitaient avec voracité comme des spermatozoïdes à l'assaut d'un ovule.

2

Mirja Bolgrum m'accueillit à l'aéroport. Le bon sourire qui l'illumina à ma vue m'aurait attendri dans d'autres circonstances. La chaleur hospitalière qui éclairait ses yeux bleu délavé, pas plus que ses démonstrations d'amitié qui auraient ému le cœur le plus sec, ne parvinrent à changer mon humeur sombre. Sa prévenance, l'air de bonté qui inspirait ses propos, sa vigilance à satisfaire mon moindre désir afin que son pays m'apparût comme l'eldorado qu'elle m'avait tant vanté, tous ses efforts non seulement me laissaient froid mais m'indisposaient. Tandis qu'elle me conduisait en voiture dans le vieux quartier d'Eira et que, volubile, tout excitée, elle me brossait le tableau des activités qu'elle m'avait préparées, je sentais monter en moi l'orage d'une exaspération d'autant plus violente qu'elle était injuste et hérissée de mauvaise conscience. Je lui en voulais de n'opposer à ma mauvaise humeur qu'un paisible visage radieux. Comment avouer à une femme aussi obligeante, aussi dévouée à la cause de son pays dont elle était la parfaite ambassadrice, que j'aurais volontiers tout envoyé au diable, l'aurore boréale, le musée Sibelius, les universitaires d'Yliopisto, pour la plage grecque la plus défavorisée ? J'aurais tout donné pour échanger ce pâle et fade séjour contre un transat humide sur le pont des troisièmes classes d'un de ces rafiots rouillés et quinteux qui, comme le *Miaoulis,* ralliaient Patmos, Koufonissia, Folegandros ou je ne sais quelle île perdue de la mer Égée.

3

Le soir, dans ma chambre de l'hôtel Nelson envahie par l'omniprésente clarté laiteuse, je tirai rageusement les rideaux en velours rouge pour tenter de me créer une douce nuit artificielle. J'aperçus mon visage dans la glace au-dessus de la cheminée néogothique. Je me jetai un regard haineux. C'est vrai, je ne pouvais m'en prendre qu'à moi-même. À bout de ressources, je me jetai sur ma biographie de Benjamin. Trop de femmes tournoyaient à un rythme diabolique : Germaine de Staël tout en éruption et en vociférations, Anna Lindsay voluptueuse et déprimée, Juliette Récamier virginale et coquette, ce harem littéraire accusait ma solitude. Mauvais pour le moral. Je refermai le livre. Benjamin avait-il connu les affres de la solitude, ces moments où l'on bute contre soi-même ? Cette rage impuissante devant le ciel bas de la vie ? Le sentiment d'être arrivé dans une impasse.

Quelle bizarrerie littéraire, ce Benjamin Constant ! Personne n'aurait parié un kopeck sur son avenir à la Bourse de la postérité. On misait sur Chateaubriand avec ses postures d'exilé de l'intérieur, arborant un air fier et arrogant comme s'il transportait dans les salons son rocher de Sainte-Hélène. Désabusé d'avoir tout obtenu, insatisfait de la gloire qui l'éclairait sans le réchauffer. D'où vient l'attrait tout différent qu'exerce Benjamin ? Cet immortel jeune homme, inflammable, empêtré de lui-même, ressemble à un Bonaparte vieilli avec sa coiffure en oreilles de chien si à la mode sous le Directoire. Lui n'a pas offert sa statue à la postérité, mais un personnage en miettes, comme le cadavre démembré d'Osiris. Il n'a légué que l'héritage de ses contradictions. Ce séducteur posthume a tout fait pour séduire les autres sans parvenir à se séduire lui-même. Il ne s'aimait pas. Trop lucide pour s'illusionner. Ce qu'il y a de rassurant chez lui, c'est qu'il a tout raté. Rarement un homme aura dû sa réussite finale à autant d'échecs accumulés. Son intelligence est un soleil qui éclaire des désastres. Côté public, côté privé, c'est sans cesse le même cafouillage. Il est passé à côté de toutes ses ambitions. Il n'a ni épousé une femme puissante et riche comme Mme de Staël, ni réussi à conquérir le cœur impassible de Juliette Récamier, pas plus qu'il n'est parvenu à obtenir une de ces places d'ambassadeur ou de ministre qui le faisaient rêver. Il est resté sur le bord du rivage alors que d'autres, médiocres mais entêtés, appareillaient pour le grand large. Il n'a fait que humer le parfum d'un succès qui se dérobait toujours. Benjamin, c'est l'homme moderne — voilà pourquoi il est si présent : tout à la fois grisé et accablé de sa nouvelle liberté. L'appel d'air de la Révolution lui a tendu trop de cartes séduisantes. Il n'en a gardé aucune. Tenté par tout, retenu par rien, il souffre de ne pouvoir se décider à ne saisir qu'un seul objet et, finalement épuisé par tant de tentations contraires, il rêve du joug rassurant que faisait peser l'ancienne société sur les hommes de sa sorte. Elle les maîtrisait dans le carcan de ses devoirs, elle les enfermait dans ses contraintes, les rendant ainsi libres pour leurs passions. Maintenant, ce sont les passions qui ont pris le pouvoir chez Benjamin. Elles ne rencontrent aucun frein, aucun obstacle. Elles le dominent, l'énervent, l'épuisent sans le satisfaire.

Rêver à la vie d'un autre, c'est tout ce qui me restait ce soir-là où j'avais l'impression de ne plus avoir de vie. J'éteignis la lumière. Je me glissai dans le lit aux draps rêches, au grain rugueux, aussi peu hospitaliers que si j'avais établi ma couche entre les pages raides de mon in-octavo au papier jauni. J'étais accablé de ce sentiment de solitude que l'on éprouve dans une chambre d'hôpital à la veille d'une opération, quand on se demande s'il y aura un réveil, si on reverra jamais le jour.

4

Mirja avait un sens de l'hospitalité têtu. La bonté dominatrice, l'obligeance despotique. Sans craindre mon humeur barbelée, elle m'entraîna dans une visite de l'île Bihlaga-Saari (l'île des Sorbiers) qu'elle me présenta comme l'une des sept merveilles du monde. Tous les paysages de Finlande y sont reconstitués dans leur prétendue variété. Le résultat est d'une grande monotonie. La Finlande possède certainement des joyaux secrets. Mais ses paysages n'échappent que rarement à la platitude. Ici, on avait eu beau distribuer de toutes les manières possibles les rochers, les sapins, les eaux dormantes, les sorbiers arthritiques, quelques chardons bleus et des lichens, je n'en retirais qu'une impression d'assoupissante uniformité. De plus, les manières mielleuses de mon hôtesse, les superlatifs dont elle mitraillait ces paysages dont elle ne semblait pas apercevoir l'affligeante banalité, me portaient sur les nerfs. Je marchais avec des semelles de plomb. Je me sentais peu à peu englué dans cette bienveillance sucrée comme une mouche dans un pot de miel. Je n'avais que faire de sa gentillesse. J'exécrais Mirja qui avait si savamment, et si sournoisement, réussi à m'entraîner dans ce piège. De plus, je détestais ma faiblesse qui m'avait rendu complice de cet attentat contre mes inclinations profondes. Je m'efforçais de ne pas la regarder en face pour qu'elle ne lût pas dans mes yeux les signes de ma colère et de mon aversion. Tandis qu'elle me tournait le dos pour me désigner au-dessous de nous — nous étions sur un petit promontoire — une famille de canards sauvages qui s'ébattaient bruyamment sur l'acier chromé du lac, j'eus la fugitive tentation de la tuer, oui, de la pousser du haut du rocher aménagé d'où nous surplombions les eaux figées dans une paix insipide. Elle serait tombée comme une pierre sans un cri, à quelques mètres d'un cygne qui toisait le remue-ménage des canards d'un œil méprisant. J'échafaudais mentalement tous les prétextes qui me permettraient d'écourter de manière plausible un si funeste voyage. Cette perspective d'évasion m'apporta une détente. J'écoutais distraitement le gazouillis de Mirja qui récitait avec beaucoup de science, et par le menu, les noms des centaines de lichens répertoriés sur ce caillou gelé que l'on nomme la Finlande.

5

Le campus d'Yliopisto ressemblait à un terrain de golf ; les salles d'études à un lobby ; les étudiants à de nonchalants golfeurs, pull-over sur l'épaule. C'était un lieu champêtre, hygiénique, vitré où l'on ne pouvait distinguer ni un gramme de poussière, ni la moindre crasse, ni la plus petite trace de laisser-aller. Ni, bien sûr, le plus mince indice de cet esprit bohème, de ce je-m'en-foutisme propre à l'adolescence, de ces bacilles d'anarchie que fomente le bouillon de culture des rêves, tout ce qui constitue le charme opiacé si éphémère du monde estudiantin. Il ne manquait à ces élèves que des blouses blanches pour avoir l'air de chimistes pleins de componction, peu enclins aux transes intellectuelles et bornés aux lois irrécusables du nombre d'Avogadro. Les livres — il devait bien y en avoir quelques-uns dans cette université littéraire — devaient être rangés et étiquetés comme des fioles dans des armoires blanches. On ne devait les délivrer qu'à petites doses et uniquement sur ordonnance.

Dans une salle claire qui ressemblait au réfectoire d'une clinique bien tenue me guettait un assortiment de professeurs, d'intellectuels et d'étudiants avec un contingent obligatoire de bas-bleus nordiques à la peau parcheminée, diligentés par l'Institut culturel. On me salua avec une jovialité glaciale. À des signes à peine perceptibles, aux regards suspicieux, à je ne sais quelle inquiétude qui se peignait sur les visages concernant mon cursus incertain, j'affrontais un climat de défiance. Comme étranger, qui plus est latin, de surcroît probablement incorrigible papiste, je n'appartenais pas au gratin de l'alma mater dont les membres se reconnaissent à des formules cabalistiques aussi indéchiffrables aux yeux des profanes que les signes de reconnaissance maçonniques.

À ces tares congénitales, j'ajoutais celle d'être directeur d'une revue d'art sans grand renom. Je n'avais d'atout que cette qualité de Français qui, dans tous les pays du monde, mais particulièrement dans la société formatée et scrupuleusement codifiée de l'Europe septentrionale, force la curiosité : on se demande toujours à quel fantasque hurluberlu, à quel aimable dilettante on va avoir affaire.

Tout se déroula alors de la manière la plus banale. Mirja me présenta à l'auditoire clairsemé. Je pris place à côté d'elle, devant une carafe et un verre d'eau, et je me mis à parler. Le son de ma voix me surprit. Ainsi j'étais encore vivant. Mais était-ce bien moi qui étais là ? Une heure plus tard, des applaudissements polis me tirèrent de ma torpeur. Qu'avais-je dit ? Rien de forcément inintéressant. Rien non plus qui ait le moindre intérêt pour la suite de notre histoire.

6

Sur la terrasse ouverte, face au gazon impeccable du campus, devant une tasse de thé, Mirja, avec son aisance d'ambassadrice, avait réuni quelques professeurs et leurs étudiantes. Elle me présenta un homme maigre et sec, d'allure austère et amidonnée : le chef du département de littérature française. Son air lugubre me frappa. Il semblait ailleurs, ressassant quelque pensée mélancolique tandis que sa pomme d'Adam, étrangement mobile, faisait un singulier va-et-vient à l'avant de son cou. Il participait sans entrain à l'aimable concert de banalités. Soudain, son esprit s'absentait vers une pensée lointaine tandis qu'il fixait d'un regard douloureux un point sur l'horizon, bien au-delà des pentes vertes et vallonnées du campus, sur la mer Baltique d'un gris soutenu où évoluaient quelques voiles blanches.

Mirja, pressentant les questions que je devais me poser à son sujet, me murmura :

— C'est un homme remarquable. Mais il a

eu des malheurs. Sa femme vient de le quitter. Il n'est plus le même.

Cette réflexion, somme toute banale, eut sur moi un effet étrange. La vie affluait à nouveau, cette vie tumultueuse et désordonnée qui ne demandait qu'à sourdre sous la croûte glacée de l'ennui. Derrière ce monde figé dans les convenances qui s'offrait à mes yeux depuis quelques jours, un feu violent et destructeur continuait de brûler. J'enviais secrètement ce quadragénaire que tourmentaient des blessures secrètes, des humiliations, une souffrance incommunicable. Nous n'étions que des fantômes sans consistance flottant sur l'apparence des choses. Lui, par ses affres, était relié à des forces élémentaires, à des tensions telluriques. Pourquoi, alors que tant d'hommes et de femmes demeurent insensibles et rigides comme des morceaux de bois sec, certains êtres appellent-ils sur eux la foudre ? J'imaginais ce que devait être, pour cet homme carré, dépourvu de souplesse, évoluant sur l'échiquier si prévisible du cadre universitaire, d'avoir à affronter cette forme insidieuse de la folie. Ni la sémantique ni le structuralisme ne pouvaient lui être d'aucune aide pour déchiffrer l'énigme sur laquelle il butait. Il était devenu aussi perdu, désarmé, innocent qu'un enfant. Un enfant malade.

7

— Connaissez-vous Robbe-Grillet ?

Je restai décontenancé par cette question posée à brûle-pourpoint. D'autant plus qu'elle émanait d'une grande bringue hautaine, aux cheveux courts, reconnue comme la spécialiste mondiale de Starobinski. Elle m'observait depuis le début d'un regard dépourvu d'aménité et j'aurais aimé désarmer sa prévention.

— Non, balbutiai-je. Je ne l'ai jamais rencontré.

— Jamais rencontré. Et vous habitez Paris ? insista mon interlocutrice avec un sourire condescendant.

Dans ses yeux brillait une lueur victorieuse, la même qui devait s'allumer lorsqu'elle découvrait qu'un de ses étudiants avait copié sur sa voisine le jour de l'examen. Ma réponse apporta sur son visage une expression d'apaisement. Cela fortifiait l'impression diffuse qu'elle éprouvait d'avoir affaire sinon à un imposteur, du moins à un homme dénué de tout crédit culturel. Je me lançai dans des explications vaseuses pour redorer mon blason. Après m'être emberlificoté, je lui lançai mon va-tout :

— J'ai rencontré Ionesco.

Cette information tomba à plat. Mon auditoire déçu savait désormais à quoi s'en tenir. Ma cote avait chuté au plus bas. La conversation continua, mais c'est tout juste si on s'apercevait de ma présence. On ne s'adressait plus à moi. J'étais passé du statut d'invité de marque à celui de simple figurant.

Le chef du département français semblait n'avoir rien remarqué de mon fiasco. Il était trop empêtré dans la mer des Sargasses de son désastre conjugal pour prêter attention à une péripétie mondaine.

Je me mis en devoir de lui faire la conversation comme à une vieille tante impotente dont on s'efforce d'alléger les infirmités par des anecdotes distrayantes. Je lui posais des questions sur les écrivains qu'il aimait avec d'infinies précautions car je craignais d'aborder un de ces romans sulfureux qui abondent dans la littérature française où il n'est question que d'adultères, de maris trompés, d'amants, de séducteurs. J'avançais avec prudence comme le capitaine d'un navire de cette contrée évoluant au milieu des icebergs.

Lui ne semblait pas voir la mer dangereuse que nous traversions. Jamais sans doute il n'avait établi le moindre rapprochement entre les textes qu'il livrait à ses étudiants afin de les passer à la moulinette de ses analyses spectrales et le drame qu'il vivait. L'heure était-elle venue de lui révéler la nature dangereuse des matières explosives qu'il maniait avec autant de science que d'innocence ? C'était tentant. Mais je ne me sentais pas de goût pour ce jeu cruel. Après la funeste découverte des tromperies de sa femme, comment eût-il réagi au choc de cette nouvelle trahison ? Oui, cocu sur toute la ligne. Mais le spectacle désolant de son infortune me réchauffait le cœur. Je le regardais comme un homme en proie à une maladie dont les causes et les symptômes me passionnaient tout en m'épargnant. Je me sentais fort devant lui. J'éprouvais cet absurde contentement de l'individu en bonne santé face au valétudinaire. Dans mon for intérieur, j'instruisais même son procès pour déficience conjugale. Peut-être que sa femme avait eu de bonnes raisons de le tromper, des raisons objectives. Je le soupçonnais d'être ennuyeux, d'avoir peu de fantaisie, de manquer au plus haut point de ce romanesque dont les femmes sont friandes. Autant de défauts dont je m'exemptais. Et puis il y avait cette satanée pomme d'Adam qui coulissait de haut en bas comme s'il avait du mal à avaler son malheur. Mais une femme peut-elle vous quitter à cause d'une pomme d'Adam ?

8

Trois étudiantes blondes, fraîches, nourries de céréales, de crème fraîche et de pain beurré nous écoutaient respectueusement, avec une immobilité de cariatides devant l'émeraude d'un verre de menthe à l'eau. Je ne leur avais pas prêté attention tant elles semblaient faire partie du décor. Et ce campus n'était pas avare en jeunes filles blondes. Elles pullulaient. De prime abord, les filles nordiques, comme les Japonaises, donnent l'impression d'être des modèles stéréotypés. Il faut un certain temps, et même une certaine habitude, pour distinguer leur singularité.

Je m'adressais à elles espérant trouver auprès de ce jeune public un accueil moins réfrigérant qu'auprès de leurs doctes professeurs. Je les interrogeais poliment sur leurs études. J'écoutais d'un air obligeant leurs réponses dites d'une voix précipitée par la timidité. Pour être franc, j'étais las de cet exercice de représentation culturelle qui froissait mon amour-propre plus qu'il ne le caressait. Conscient d'avoir rempli le rôle que l'on attendait de moi, j'attendais le premier prétexte pour mettre les voiles.

Soudain, une des jeunes filles m'interpella avec assurance, tout en fixant sur moi des yeux d'un bleu marine incrusté de paillettes d'or — très différents des yeux bleu délavé de Mirja qui semblaient dépolis pour avoir trop pleuré.

— J'étudie Fromentin. Vous connaissez ?

Piqué au vif, je fis une réponse pédante.

— Bien sûr, l'auteur d'*Un été dans le Sahara*, de *Dominique*.

J'observai la jeune fille avec attention. Elle portait une chaîne en or soutenant une petite croix qui venait battre la pente douce d'une poitrine bronzée. Elle était vêtue d'un chemisier blanc brodé aux manches de motifs d'inspiration scandinave. Ce nom qu'elle venait de prononcer me transporta soudain au cœur de la province française la plus reculée et la plus surannée. Une douce atmosphère éthérée de cousins et de cousines de la meilleure société badinant à bord de fiacres instables, la cravache à la main, sous les allées de tilleuls de leur gentilhommière. Il flottait dans l'air tiède des effluves d'héliotrope. Les demeures sentaient l'encaustique, la citronnelle et la confiture de coing. Un côté *Maison rustique des dames.* Sous des portraits d'émules d'Ingres, on jouait au trictrac, au whist et à des jeux oubliés. C'était un monde de soupirs, de promesses, de devoirs qui compriment l'âme étouffant son expression tumultueuse. Des pendules égrenaient parcimonieusement les heures dans un ennui compact. Un chapelain janséniste à petit chapeau, le glossaire à la main comme un sourcier avec sa baguette de coudrier, cherchait des sources de concupiscence. Soudain une phrase insinuante et mélodieuse comme une ariette oubliée me pinça le cœur : « l'arôme des feuilles mortifiées par la pluie ». Ce devait être cette odeur que respiraient les héros de Fromentin quand ils promenaient dans les sous-bois mouillés de l'automne leur invincible mélancolie.

— Je rédige un mémoire sur lui. C'est difficile ici. Il faudrait que j'aille à Paris.

Ces derniers mots eurent pour effet de m'émouvoir autant que la détresse sentimentale du chef du département français. J'imaginais la jeune Scandinave égarée sur le pavé parisien, hors de la sauvegarde de la cité universitaire avec tous les prédateurs qui rôdaient sur les Grands Boulevards comme des squales en quête de chair tendre et innocente.

— Comment vous appelez-vous ? lui demandai-je avec une douceur apostolique.

— Helena.

— Ce n'est pas un prénom finlandais.

— Non. Ma mère est russe.

À cet instant, le chef du département français nous interrompit pour me demander des nouvelles d'un professeur au Collège de France qu'il avait connu autrefois à l'université de Heidelberg.

— Vous devez le connaître. Il est roux, barbu et son nom commence par Grun... Grunberg, Grunewald, quelque chose dans ce genre.

Je ne connaissais aucun professeur au Collège de France, pas plus que de roux barbu et personne dont le patronyme commençait par Grun... Mais, par égard pour le malheur qui frappait cet éminent universitaire, je feignis de me prêter à ses recherches.

— Il y a un Gruber au Collège de France, spécialiste de l'écriture hittite, dit Mirja qui, elle aussi, par bonté d'âme, tentait de lui venir en aide.

Le chef du département français s'agaça de notre insuffisance. Il devenait irascible. Sa détresse tournait à l'aigre. Voilà maintenant qu'il était trahi par sa mémoire, sa mémoire faramineuse, ordonnancée, qui ne lui avait jamais fait défaut en vingt ans de carrière. Elle aussi l'abandonnait. À son irritation succéda l'abattement. Je lus une lueur sombre de désespoir dans ses yeux.

Estimant avoir été suffisamment coopératif, je

me tournai vers la spécialiste de Fromentin. Sa chaise était vide. Il ne restait qu'une paille rose en plastique dans son verre. Elle avait disparu.

9

Par la vitre du bus qui m'emmenait à Turku, la station balnéaire huppée, je regardais la pluie qui tombait. Il ne manquait plus que cela. Encore de l'eau. Comme si ce pays n'en avait pas assez. Derrière le rideau de l'averse défilait un paysage propret aussi monotone qu'une image fixe projetée sur un écran. C'était la même maison en bois blanche, ripolinée, avec son inévitable sauna. Les mêmes forêts de sapins impeccablement rangés auxquelles succédaient des bois de bouleaux. Les mêmes petits ponts coquets qui enjambaient des îles microscopiques. Et cette mer omniprésente, plate, grise, sage qui n'exhalait aucune odeur ni n'exprimait jamais aucune colère, laissant voleter sur elle de petits voiliers rapides comme une nuée de papillons blancs. Parfois, le bus freinait brusquement et il s'arrêtait devant un tas de loques informes. Les oripeaux se redressaient, titubaient, s'affaissaient à nouveau sous l'œil impassible des passants jusqu'à ce qu'une camionnette blanche rapide et silencieuse, conduite par des hommes gantés, tout de blanc vêtus, avec des bottes en caoutchouc, ôte ce déchet de la vue. C'était un homme.

10

Sur le balcon en bois de mon hôtel ripoliné, face à une forêt de mâts qui cliquetaient sous la brise, j'attendais en vain que le jour fade se transforme en nuit. Mais je savais qu'en dépit de mes vœux le soir ne descendrait pas m'envelopper de ses ombres. J'étais condamné à cette lumière grise. Encombré de moi-même, désœuvré, n'étant piqué par l'aiguillon d'aucune curiosité, j'étais devenu une algue échouée dans ce port de plaisance. Avec cette fin de journée, des marbrures glacées s'insinuaient dans l'air tiède. L'été n'était qu'une mince pellicule de lumière sur un sol durablement gelé. Les rayons du soleil n'effleuraient que la surface des choses, leur épiderme gercé, sans attiédir une terre mêlée de banquise et de permafrost. Le temps lui aussi s'était immobilisé m'emprisonnant comme un navire océanographique ceinturé par les glaces. L'heure du déjeuner se confondait avec celle du dîner et le hareng saur du petit déjeuner revenait invariablement pour le souper.

Soudain, tandis que j'observais la manœuvre d'une goélette qui affalait ses voiles blanches à l'entrée du port, devant un ciel irisé de rose — ce que les marins appellent le *mackerel sky* —, je sentis en moi un appel mystérieux, pareil à un refrain mélodique et tendre. Et se présenta le souvenir d'Helena. Elle était devant moi avec son mémoire sur Fromentin, la croix en or qui battait sur sa poitrine, son verre de menthe à l'eau avec une paille. Les mots qu'elle m'avait dits revenaient comme une rhapsodie : « Il faudrait que je vienne à Paris. » Pourquoi n'avais-je pas songé un seul instant à elle depuis deux jours ? Pourquoi aujourd'hui faisait-elle irruption dans ma vie et dominait-elle mon cerveau ? Par quel mécanisme cette image inerte se réveillait-elle ? Je l'ignorais. Je n'eus plus qu'une idée en tête : la revoir.

11

Un double mouvement s'opéra dans mon esprit : j'échafaudais les moyens de retrouver Helena tout en ressassant les occasions manquées. Pourquoi ne l'avais-je pas distinguée dès le début de la conférence ? Pourquoi n'avais-je pas engagé la conversation avec elle ? Quelle inconséquence m'avait poussé à faire belle figure auprès de la spécialiste de Starobinski au lieu de m'intéresser à elle ? Quelle sotte pitié m'avait distrait de sa compagnie pour aider le chef du département français à retrouver le nom d'un professeur au Collège de France roux et barbu ? Sans ces importuns qui m'en avaient détourné, j'eusse entamé une conversation avec elle. Je l'aurais probablement invitée à dîner. Et je serais resté à Helsinki au lieu de m'exiler dans cette station balnéaire sans charme. Mais je butais sur un mystère plus grave. En réalité, je ne l'avais pas vue sur l'instant. Elle m'avait paru jolie, certes, mais banale quand j'avais parlé avec elle. Ce n'est qu'avec le recul que je m'apercevais de l'attrait qu'elle exerçait sur moi.

Seule Mirja pouvait me venir en aide. Mon agressivité à son égard disparut. Oubliée ma mauvaise humeur au cours des fastidieuses promenades dans cette ville exécrée. Mon désir de la précipiter dans le lac du haut du promontoire de l'île Bihlaga-Saari : un simple énervement causé par la fatigue du voyage. Les qualités bien réelles de Mirja revenaient prendre possession de son souvenir. Elles l'auréolaient. J'éprouvais à ce moment un élan d'affection pour elle, une affection croissante à proportion du service que j'allais lui demander de me rendre. Éprouvais-je un sentiment de gêne devant ce subit renversement de vapeur vis-à-vis de Mirja ? Non, je n'avais aucun scrupule à la transformer en serviteur de mes plaisirs.

Je lui téléphonai. Me reconnut-elle à ma voix sirupeuse, à mes débordements d'amitié, à cet air faussement primesautier auxquels je ne l'avais pas jusqu'alors accoutumée ? Il ne lui fallut pas longtemps pour comprendre la raison de mon changement d'humeur. Sentant à quel point j'avais besoin d'elle, elle se braqua, me laissant entendre que cette mission d'entremetteuse outrepassait son rôle d'ambassadrice. Exagérant les difficultés, feignant d'ignorer les moyens de joindre

Helena, prétextant un article urgent à écrire pour *Uusi Suomi (La Nouvelle Finlande)*, elle me fit payer cher ma muflerie. Tout en atermoiement, en chipotage, en prudence, elle se plut à exciter mon impatience, à tirer jusqu'à l'extrême sur la corde sensible de mes nerfs. Elle me promit de faire son possible pour m'organiser un nouveau rendez-vous avec Helena mais en en soulignant avec sadisme les obstacles. Elle émit même avec perfidie l'éventualité de son départ en vacances pour la station balnéaire de Fårö en Suède. Elle ne put s'empêcher de me lancer une flèche.

— Vous mettez plus d'impatience à revoir Helena qu'à visiter le musée Sibelius !

Maintenant qu'elle sentait à quel point j'avais besoin d'elle, elle ne me ménageait pas. Elle ne cherchait plus à cacher sa déception d'avoir affaire à un homme qui s'intéressait bien superficiellement aux questions culturelles, mais, en revanche, beaucoup aux jolies étudiantes. J'étais en son pouvoir. C'est normal, elle en abusait. Je n'en avais cure. Seul le but comptait. Le cœur humain est ainsi. Il en remontrerait au plus cynique des créanciers quand il s'agit de négocier son bonheur.

12

Me promenant sans but sur le port de plaisance parmi les bateaux dont les gréements cliquetaient sous la brise comme une pinède bruissant de criquets, je fus abordé par un grand Noir d'allure athlétique qui portait un sac de sport. Les promeneurs ne lui accordaient pas plus d'attention qu'à un réverbère. Son statut d'être humain n'était même pas envisagé. Les gens du Nord, à majorité protestante, croient à la prédestination. Cet homme-là, manifestement, dans la loterie céleste, n'avait pas tiré le bon numéro. De plus, en dehors de la couleur de sa peau si peu en harmonie avec la blondeur nationale obligatoire, il était probablement en situation irrégulière, mot qui horripilait la conscience dans un pays où l'on n'aspire à rien d'autre qu'à ressembler à tout le monde.

— Mon ami, me dit-il, on ne parle pas à un compatriote ?

Cette entrée en matière, avec son mélange de familiarité et d'extorsion de sympathie, me surprit et m'agaça, même si je ne partageais pas la croyance des autochtones en la prédestination.

— Ça te la coupe, hein, mon frère ? Je suis du Tchad. Le Tchad, c'est l'ancienne A.-O.F. : Afrique-Occidentale française, illustrée par notre grand regretté frère, Son Excellence le gouverneur général, le vénérable Félix Éboué, compagnon du général de Gaulle, rappelé à l'Orient Éternel.

Cette emphase africaine n'était pas de meilleur augure.

— Je te propose une excellente affaire, poursuivit-il. Regarde ces montres !

Et il sortit de son sac une série de montres-bracelets qui brillaient au soleil, chefs-d'œuvre de la contrefaçon réalisés à Shanghai ou à Kuala Lumpur.

— Admire cette Breguet.

Et il me tendit un magnifique chronomètre aussi élégant et perfectionné qu'une Rolls-Royce en miniature.

— C'est une contrefaçon, déclarai-je pour éloigner la tentation.

— Tu es un homme beaucoup trop intelligent pour dire une sottise pareille : qu'est-ce qui est faux ? Qu'est-ce qui est vrai ? Je suis peut-être un faux Nègre et toi un faux Blanc. Qui peut le dire ? Si tu cherches la vérité, tu seras toujours trompé. Tandis que, si tu acceptes d'être trompé, tu accéderas à la vérité éternelle de l'homme.

Voulant interrompre son monologue philosophique, je lui demandai :

— Combien ?

— Pour toi, parce que tu es un compatriote, cent cinquante euros. Mais je suis prêt à faire un petit geste commercial. Cent quarante euros !

— Va pour cent.

— Tu me ruines. Mais c'est d'accord.

Et il frappa ma main dans la sienne.

J'étais certain de me faire estamper. Mais la montre était belle. Il l'attacha à mon poignet. J'avais désormais deux montres, comme certains natifs de Douala, de Bamako ou de Brazzaville.

— Comment un Tchadien peut-il arriver ici ? demandai-je.

— Je rêvais de connaître le pôle Nord.

— Tu n'en es pas loin.

— Ce qui compte, ce n'est pas le but, c'est le chemin.

Ce neveu de Rameau tchadien commençait à m'intriguer.

— Pourquoi ne t'es-tu pas installé en France ?

— La France m'a déçu.

— Pourquoi ?

— Mon père a eu une jambe et un bras arrachés par un obus de mortier en Indochine. Sur les falaises de Cox Ha au Tonkin. La France n'a pas voulu payer sa pension d'invalidité : Français par le sang versé, tu parles, Charles !

Cette conversation m'était désagréable. On n'aime pas entendre dire que son pays est injuste et ingrat, surtout quand c'est vrai. Cette France si grande dans son idéal mais si mesquine dans sa pratique ne cessait de me troubler. Je le quittai, le poignet orgueilleusement ceint de ma nouvelle fausse vraie montre Breguet.

— Mon ami, j'ai d'autres montres, je peux te faire un prix : trois pour cent euros.

Cet écornifleur finissait par m'agacer. À bout d'arguments, il insistait.

— Si tu veux, mon ami, je te dis ton avenir. Je suis marabout.

— La montre me suffit, dis-je en le laissant en plan avec son exhibition horlogère. L'avenir attendra.

Et je regagnai mon hôtel, fier de mon acquisition. Une heure plus tard, m'apprêtant à descendre dîner, je consultai mon chronomètre : il était arrêté. Il n'avait marché qu'une demi-heure. Je le secouai, le triturai : sans résultat. Je m'étais fait avoir. C'était à prévoir. Je me promis de retrouver mon « compatriote » et de lui sonner les cloches.

13

Dès lors, le paysage changea. Le port de Turku se métamorphosa. Il devint pimpant, musical, bariolé. Une musique enjouée animait ses ruelles. Les yachts à quai tendaient leurs vergues et leurs baumes comme de grands bras vers le large. Les hordes estivales de familles blondes, le visage allumé par les coups de soleil, traînaient leurs bambins geignards et turbulents dans une atmosphère de kermesse. L'air était sapide comme une glace à la fraise. De sympathiques odeurs de filets de pêche et de casiers, tout un remugle de saumure et de poissons morts faisaient frémir mes narines. Dans l'assiette, le hareng saur qui baignait hier tristement dans l'huile de foie de morue, accompagné d'un petit pain rond couvert de grains de sésame, faisait aujourd'hui figure de festin. La bière fraîche moussait dans les verres de couleur. Un vin blanc allemand, râpeux à souhait avec un arrière-goût de soufre, décapait délicieusement le gosier. Les boutiques exhibaient sans pudeur leurs entrailles de bimbeloterie, de couteaux de chasse en bois de rennes, de cartes postales, de lunettes roses en forme de cœur, de pull-overs chamarrés de broderies, de chaussons en peau de phoque. La foule se pressait nonchalamment, d'un pas débonnaire, vers un but fictif, seulement occupée à jouir du privilège de l'instant, retrouvant une liesse ancestrale de tribu primitive devant un riche butin, enivrée d'air pur, de lumière, livrée de toute son âme païenne superstitieuse au culte idolâtre du soleil, ce dieu capricieux et despotique. La vie revenait comme la sève qui fait reverdir un bois mort. J'étais réconcilié avec moi-même. J'étais amoureux.

14

La nuit tomba. Pas la bienfaisante obscurité qui met fin au jour et rythme harmonieusement les pays normaux, la nuit de l'esprit, du doute, de l'angoisse. Je n'avais pas de nouvelles de Mirja. Je la soupçonnais de manœuvres torves. L'occasion était trop belle de se venger. Le sadisme est un sombre plaisir de femme, surtout quand, l'âge venu des séductions passées, on peut encore exercer les pouvoirs maléfiques sur une âme ardente. Quelle vie avait eue Mirja ? Était-elle veuve, mariée ? Avait-elle connu les exaltations démentes, les fauves appétits de chair aimée, les tortures, les affres qui déchirent le cœur ? Je ne m'étais alors posé à son sujet aucune question. Et si je m'intéressais soudain à elle, aux aléas de sa vie sentimentale, c'était pour tenter d'y lire l'horoscope de ma destinée amoureuse.

L'image navrante du chef du département français me revint. Certes, il souffrait d'avoir perdu son amour, d'avoir été humilié, trompé, bafoué dans ses rêves, trahi dans l'invincible confiance que nous avons dans le bonheur. Mais, du moins, il avait vécu, connu avec sa femme de longues plages de tendresse, des éclairs de volupté, des moments intenses auxquels, au fond de son malheur, il pouvait se raccrocher comme à autant d'épineux souvenirs. Mais moi ! Je ne pouvais rattacher Helena à aucun passé, à aucune promesse échangée, à aucune réalité tangible autre que cette rencontre formelle dans l'absurde cafétéria d'un campus. Elle pouvait se dissoudre à tout instant comme une illusion, rejoindre les limbes des rencontres manquées qui ne laissent dans l'âme qu'une imperceptible cicatrice. Peut-être Helena allait-elle disparaître de ma vie, fugitive et mystérieuse comme ces petits voiliers rapides que j'entrevoyais doublant un cap et qui s'évanouissaient aussi irréels que s'ils n'avaient jamais existé. Pourquoi tant de hasards surmontés, une telle alchimie de circonstances favorables, avaient-ils œuvré dans la formation d'une nécessité impérieuse pour ne donner naissance à rien, au vide, à un goût amer de rendez-vous manqués ? Il ne resterait rien que « l'arôme des feuilles mortifiées par la pluie ».

Je regagnai mon hôtel en proie au plus sombre pressentiment. Le concierge me tendit un message. Il était de Mirja. Elle m'attendrait deux jours plus tard avec Helena au bar de l'hôtel Nelson. Je recommençai à vivre.

15

Je flânai à nouveau sur le port en quête de mon écornifleur-philosophe-marchand de montres factices. « Un Beaumarchais tchadien », me dis-je pour mettre un peu de littérature dans ce qui n'était qu'une piètre escroquerie à la sauvette. Je m'étais fait avoir, voilà tout. J'allais renoncer à mettre la main sur mon escamoteur lorsque ce fut lui qui me héla : il était dissimulé par l'échoppe d'un marchand de glaces.

Il opposa à mes protestations un front candide. Il mit la main sur son cœur et en appela aux mânes de son père qui avait versé son sang pour la France ingrate et même à la mémoire du vénérable Félix Éboué.

— Ce n'est pas la peine de s'énerver, mon ami. Je vais te la changer, ta Breguet. Une montre aussi belle que cela, ça ne sert pas seulement à indiquer l'heure, c'est une œuvre d'art.

Il commençait à m'agacer, ce philosophe. Était-ce à la faculté de Vincennes qu'il avait appris l'art du sophisme ? Il sortit un magnifique chronomètre de sa sacoche.

— Celle-là marche cent pour cent.

— Je l'espère, dis-je d'un ton qui se voulait menaçant.

— Allez, tu ne vas pas me faire un réveillon pour une montre.

— Tant qu'à acheter une contrefaçon, j'aimerais au moins qu'elle marche.

— Homme de peu de foi, dit-il, solennel.

Puis, éclatant d'un rire qui révéla sa parfaite dentition d'une blancheur éclatante :

— Tu m'es sympathique. Je vais te dire ton avenir. Je sens mes dons à fleur de peau ce matin.

Il m'entraîna à l'écart, sur la digue, près des filets de pêche qui séchaient. Il s'assit en tailleur. Je m'installai sur un muret en pierre. Il sortit de son sac une boîte en nacre qui contenait des coquillages.

— Tu connais le candomblé ? C'est la voyance du Tchad. Les coquillages savent tout. Ils sont riches de toute la connaissance de la mer. Ils vont te dire ton destin. Ils vont te parler par ma bouche. Concentre-toi très fort sur une question qui te préoccupe. Ne pense qu'à cela. Et tu vas avoir la réponse que tu attends.

Inutile de dire à qui je pensais puisque je ne pensais qu'à elle.

Il jeta une poignée de coquillages sur le sol après avoir psalmodié les phrases d'un rituel cabalistique.

— Ce que tu espères va arriver. Très vite. Mais, ensuite, il y aura beaucoup de difficultés. Puis les choses s'arrangeront. Je vois le bonheur, le vrai, celui qui ne dure pas. Puis le malheur, le vrai, qui ne dure pas non plus. Mais, attention, il y a la mort.

— La mienne ?

— La tienne ou celle de quelqu'un d'autre. Ne sois pas trouillard, il faut bien que tu y passes un jour ou l'autre.

Cette distance philosophique vis-à-vis de mon trépas m'agaça. Je me sentis l'envie de lui faire un peu la morale.

— Tu es marabout, à ce que tu me dis. J'espère que tu n'es pas une contrefaçon de marabout, comme tes montres. Comment peux-tu concilier une fonction aussi sacrée et ta coupable industrie ?

Il me regarda d'un air fier et rusé.

— Et toi, tu n'as pas une activité qui te rapporte de l'argent ?

— Oui, bien sûr, mais je ne joue pas les marabouts.

— Et, pourtant, tu as toi aussi une activité sacrée ? Réfléchis bien.

— Je ne vois pas.

— Quelque chose de spirituel, qui donne son sens à ta vie.

À ce moment, une illumination se fit en moi, un voile se déchira. J'éprouvai une douleur dans une part de moi-même que je m'efforce de fréquenter le moins possible. Cette part blessée dont rien ni personne ne pouvait me guérir. Car autant l'avouer : au fond de moi-même, là où ma conscience ne s'aventure que rarement par crainte de trop souffrir, je boite.

Il dut s'apercevoir de mon trouble, car il me dit :

— Va en paix, mon fils.

Bien sûr, la fausse montre Breguet ne marcha pas plus que la précédente. J'espérais du moins que la prédiction ne serait pas de la camelote.

Je me rendis sur le port pour revoir le marabout. Il avait disparu. Personne ne se souvenait de l'avoir vu. Je finis par me demander — il faut dire que j'avais forcé sur l'aquavit — si j'avais affaire à une apparition comparable à celle que raconte saint Augustin : cet enfant rencontré sur la plage qui voulait faire entrer la mer dans le trou qu'il creusait dans le sable et avait soudain disparu comme un ange.

16

Je me couchai ce soir-là plein de confiance dans l'avenir. Même ma lecture du livre sur Benjamin Constant ne parvenait pas à réveiller mes inquiétudes. Je le picorai pendant le dîner, délaissant un steak de renne carbonisé que la confiture d'airelles ne réussissait pas à rendre comestible. Je me sentais immunisé contre ses poisons. Je repris les termes de ma méditation : ce qu'il y a de rassurant chez Benjamin, c'est qu'il a tout raté. Particulièrement sa vie amoureuse tout en cafouillages, en hésitations. Il cherche à travers les femmes à résoudre l'énigme de son cœur assoiffé d'absolu tandis que son corps se complaît dans la dépravation. Il est harassé par ce combat manichéen entre le pur et l'impur qui le jette tantôt dans les bras des prostituées dont il paie la misère au prix fort de la culpabilité, tantôt dans les effusions insatisfaisantes de l'amour platonique. Sous l'apparence d'un blême calculateur aux lèvres minces, au cœur effervescent mais sec, qui s'adonne à la débauche dans des alcôves aux draps glacés par la rigueur calviniste, il reste au fond, par sa vie désordonnée, ses passions entrecroisées, un adolescent empêtré dans ses rêves. Je le regardais maintenant de haut comme un homme égaré dans ses tortueuses contradictions, avec le sentiment de supériorité d'un néophyte à qui on vient de révéler le chemin de la grâce.

C'est un tout autre monde dont, en rêve, Helena m'ouvrait les portes. Une province aux mœurs stables, aux cœurs tempérés et économes, figée dans la paisible ordonnance de rites simples. L'univers même dont Fromentin était issu et qu'il fréquentait, où régnaient la modération et la pudeur, loin des excentricités et de l'artifice des grandes villes énervées. Ce ne pouvait être un hasard si Helena avait été attirée par sa vision chaste de la vie. Je lui imaginais des parents stricts qui lui avaient inculqué des principes austères. Une jeune fille comme il en existait autrefois, ardente mais sage. Pour un peu, je me serais vu leur demander sa main. J'en oubliais presque que j'étais marié. Ou tout comme.

17

Cet amour comblait un vide. Chacun a le sien, je le sais. Pour moi, il représentait une revanche sur un malheur secret qui m'avait longtemps taraudé. Encore aujourd'hui, j'en ressens les douloureux symptômes. Ils ne disparaîtront qu'avec ma mort. Car cette blessure, contrairement à d'autres, n'est pas guérissable. Quelque chose d'essentiel manque à ma vie. Une absence dont la nature est indéfinissable. Elle me mine, me ronge à l'intérieur. Ce malheur profond n'est pas perceptible. Nul ne peut imaginer les affres que j'éprouve. Par lâcheté, par goût du confort, j'ai fini par me mentir à moi-même en me disant : je suis au fond satisfait de mon sort. Mais ce pacte de non-belligérance avec moi-même n'est que de la poudre aux yeux. Je ne me sens pas la force de faire même l'aveu de cette blessure tant elle m'est cruelle. Je ne peux l'évoquer que par des périphrases.

À quoi pourrais-je comparer mes souffrances secrètes : à celles d'un homme infirme de naissance. Un boiteux, par exemple, dont toute l'existence, du matin au soir, la nuit même, est régie par la fatalité de son mal. Il doit adapter sa jambe valide à sa jambe malade, prévoir les obstacles qu'il ne pourra pas franchir. Et, sans cesse, il pense aux gestes que d'autres accomplissent sans même y réfléchir et qui lui sont, à lui, refusés. Cette infirmité, il l'intègre, il la surmonte, mais s'il rencontre une femme, il sait qu'elle observe sa démarche. Si elle se refuse à lui, il en éprouve douloureusement la raison. Et encore ce boiteux a-t-il la ressource que son mal soit visible, objet parfois de dérision mais aussi de compassion. Tandis que mon mal à moi est invisible. Je suis un boiteux pour moi-même. Je vis seul avec ma honte. Muré avec elle.

Le marabout avait mis le doigt sur ma blessure. « Ce but spirituel qui donne un sens à la vie » m'a hanté. Pour moi, pas de doute, il n'y en a jamais eu qu'un, toujours le même, irritant, obsédant, démoralisant : écrire. Pourquoi avais-je attrapé ce virus si banal que contractent les adolescents plaqués, les femmes du monde insomniaques et les aventuriers dépossédés de leurs rêves. Mais moi je n'étais pas revenu de ce prurit littéraire qui comme toutes les maladies infantiles se dissout de lui-même dans le réalisme de l'existence adulte. À l'âge mûr, cette lubie paraît aussi ridicule que le démon de midi chez les quinquagénaires. Mais elle continuait de me ronger. Quelque effort que je fisse pour le conjurer ce démon était increvable. Au début, j'avais voulu écrire pour me singulariser, par défi, par orgueil, ce stupide orgueil qui donne l'illusion qu'on va faire de soi un héros par la seule magie des mots. J'en escomptais des dividendes propres à satisfaire ma vanité. J'ignorais que c'était le contraire qui allait se produire : j'entrais dans un processus d'impuissance qui allait gâcher ma vie et humilier en moi cette fibre intime de l'être où l'on puise ses raisons d'exister. On ne sort pas indemne d'avoir voulu écrire. C'est comme pour un curé d'abandonner la prêtrise. La soutane ôtée, il reste un défroqué. Il n'est plus ce qu'il a voulu être sans pour autant redevenir celui qu'il était. Il a des rejets d'ineffable ; il se sent des frustrations d'oblation ; il éprouve dans son âme la cicatrice du sacerdoce. Et puis cette honte de n'avoir pu être à la hauteur qu'on s'était fixée. Écrire, il ne faut pas se payer de mots, c'est vouloir être aimé, aimé parce que compris, donc vraiment aimé pour ce qu'on a d'unique sous les apparences, les mensonges et les malentendus.

Me restait l'amour, seulement l'amour, qui répare tout.

18

C'est ainsi que je vis réapparaître Helena à la terrasse de l'hôtel Nelson. Elle descendit d'une bicyclette vert pomme, vêtue d'une longue jupe en lin blanc échancrée qui découvrit ses jambes fines et bronzées. Tandis qu'elle se dirigeait vers Mirja et moi dans les éclats d'un soleil triomphant, je lui trouvais plus d'assurance que la première fois. Elle souriait avec une expression de défi qui contrastait avec sa nature réservée. Un air affranchi qui semblait dire : « Je suis là. Je sais pourquoi. Je suis curieuse de voir comment vous allez vous y prendre pour tenter de me séduire. »

Mirja, avec son aisance d'ambassadrice, fit la conversation, relatant les expositions, notamment l'une d'entre elles consacrée aux peintres nordiques au musée Sibelius.

— Ce musée Sibelius que vous étiez si peu curieux de visiter, me dit-elle avec un large sourire entendu.

Je ne bronchai pas.

Bientôt elle se leva et prit congé, prétextant des raisons qui ne nous trompèrent pas. Elle m'adressa un regard appuyé qui signifiait qu'elle avait rempli sa mission, même si je n'avais guère mérité ce geste amical.

Un silence succéda à son départ. Je m'empressai de le meubler. J'évoquai toutes sortes de sujets dont, au fond, je ne me souciais guère : sa thèse sur Fromentin, les programmes de l'université. Elle me confia qu'elle écrivait des articles dans des journaux de mode pour financer ses études. Je sentais qu'elle me scrutait. Elle voulait me percer à jour. Je l'observais moi aussi. Je m'efforçais de calquer sur son visage ses traits qui s'étaient imprimés dans mon souvenir le jour de notre première rencontre. Dans mon imagination, j'en avais sculpté avec fidélité la forme et les proportions mais je n'avais pas saisi ses expressions qui passaient sans transition de la mélancolie au rire moqueur, ni cet air de félin aux aguets qu'elle adoptait lorsqu'elle m'écoutait, craignant de ne pas saisir des nuances dans la langue qu'elle étudiait.

Vint le moment où notre entente sembla scellée. Cette connivence mystérieuse dans l'acquiescement amoureux si difficile à établir et qu'une simple maladresse peut détruire. Je lui proposai un rendez-vous avant le dîner — le fameux dîner réservé de longue date au cours duquel Birgitt Bollstrom-Borjom devait me présenter au sculpteur Molnar.

— C'est impossible, dit-elle, j'ai une réunion à mon journal.

Je lui proposai un rendez-vous plus tard dans la soirée. Je n'avais pas le choix. Je m'y risquai. Elle sembla hésiter. Sans doute craignait-elle mon jugement. J'imaginais les arguments qui devaient se présenter à son esprit. Peut-être y avait-il un homme dans sa vie, un amant, un fiancé ? Songeait-elle au prétexte qu'elle serait obligée de lui fournir pour expliquer ce rendez-vous nocturne ? Craignait-elle de se lancer dans une aventure avec un inconnu ? Je percevais tous les mouvements de son débat intérieur. Il me semblait même que j'y participais, lui chuchotant des paroles rassurantes pour la convaincre.

— D'accord, dit-elle, je vous attendrai.

Je lui donnai rendez-vous au bar de l'hôtel.

— Je compte sur vous.

— Je vous le promets.

— Même si je suis en retard ?

— Tâchez de ne pas l'être.

Elle me fit cette dernière injonction d'un ton fier et impérieux qui me laissa augurer délicieusement l'avenir de cette nuit blanche.

19

Le chauffeur à casquette fonçait sur l'autoroute. Enfoui dans des coussins moelleux à l'arrière du long corbillard au tableau de bord en bois clair clignotant de cadrans que Birgitt Bollstrom-Borjom avait mis à ma disposition, je pestais contre moi-même. Je maudissais cet absurde dîner dont la nécessité ne s'imposait pas. Que m'importait cette rencontre avec un sculpteur, certes talentueux. Il ne méritait pas de contrarier mes plans. Mon mécontentement s'accroissait avec les kilomètres qui m'éloignaient toujours un peu plus de mon hôtel. Était-il possible qu'une réunion mondaine dont je me fichais fasse échouer un rendez-vous tant désiré, si ardemment souhaité et finalement miraculeusement obtenu ? Décidément, la vie était absurde.

20

Sur la banquise de canapés blancs et de dépouilles d'ours polaires, les invités avaient l'air de pingouins affublés de lunettes et de nœuds papillons qu'on aurait appariés pour d'obscurs motifs zoologiques avec de luisantes otaries roulées dans des rideaux aux couleurs criardes. Je me dirigeai vers la quinzaine de convives en tenue de soirée. On me présenta à un géant jovial, le cheveu coupé en brosse, le sourire triomphant de millionnaire, à la poignée de main virile, qui était le mari. J'aperçus Birgitt, parée, bijoutée, artistiquement dénudée sous une robe à paillettes. Son profond décolleté mettait en valeur une orgueilleuse poitrine. Ses pommettes étaient cramoisies comme ses petites oreilles pointues d'aguichant porcelet.

Elle se jeta sur moi avec des gestes de sémaphore qui exprimaient le survoltage nerveux et la désolation.

— Cadasdrofe, cadasdrofe, gémit-elle avec une prononciation tudesque. Molnar n'a pas pu venir. Il a dû repartir d'urgence avec le conservateur de la Fondation Getty.

Puis elle passa sans transition de la désolation à l'exubérance : « Tant pis, après tout, il y a ses œuvres. C'est l'essentiel, n'est-ce pas ? »

Ses œuvres, c'était elle ! Les sculptures, la plupart en bronze, quelques-unes en marbre, la représentaient sous toutes les coutures, en général nue, parfois dans des positions audacieuses à côté desquelles la *Femme piquée par un serpent* d'Auguste Clésinger semble une expression sage de la volupté. Après m'avoir montré une dizaine de sculptures, elle me demanda :

— Vous trouvez que j'ai beaucoup changé ?

Et, sans attendre ma réponse, d'un air suggestif, elle susurra : « Il faudrait évidemment que vous voyiez le modèle dans la même tenue. » Elle ajouta : « Si vous me promettez de ne rien dire à mon mari, la chose peut se faire. » Et elle éclata d'un rire hystérique de femme soûle.

On passa enfin à table et une nuée de serveurs tendit à chacun une chaise en plexiglas. Le socialisme scandinave laissait ici sa chance au capitalisme. Molnar fut, bien sûr, le plat de résistance de ce dîner. Obéissant à une coutume locale, Birgitt avait laissé sa place vide et déposé dans son assiette une statuette en terre cuite la représentant à quatre pattes comme la louve romaine. On parlait de sa vie agitée, de ses provocations, de son goût immodéré des femmes avec des lueurs de lubricité. Plusieurs avaient quitté leur mari pour lui. Deux d'entre elles s'étaient suicidées, une autre était morte de chagrin. On vantait son charme, la séduction irrésistible qui lui attachait aussi bien les hommes qu'il cocufiait que leurs épouses qu'il maltraitait, car, dans l'alcool, il pouvait se montrer violent.

— Comme tous les grands artistes, s'exclama Birgitt. Regardez Picasso !

À entendre ces banquiers et ces industriels, Molnar était un génie car il avait tous les défauts des grands artistes. On le soupçonnait même, ce qui ajoutait du piment, d'avoir été proxénète dans sa jeunesse, d'avoir connu la prison et même déserté de la Légion étrangère. Accessoirement, il se droguait, mais c'était devenu tellement banal.

Comment cette vie aventureuse, pleine d'extravagances, au parfum de hors-la-loi — y compris cette bizarre vocation d'artiste si antipathique, au fond, à la mentalité calviniste —, n'aurait-elle pas fasciné ces hommes et ces femmes qui respectaient la plus stricte observance du conformisme ?

Devant les compliments qui pleuvaient sur le talent de Molnar, l'admiration qui se lisait dans les yeux des hommes, l'attirance perverse dans ceux des femmes, l'adulation générale, le crédit inconditionnel fait à son génie, je me disais à part moi qu'il devait être délicieux d'être Molnar. Et, pourtant, je ne l'enviais pas. Ce gros appétit de vie, de chair fraîche, de sexe me dégoûtait. J'étais très content d'être moi-même, prêt, dès que l'occasion se présenterait, à aller retrouver une jeune fille fraîche et pure qui m'attendait au bar de l'hôtel Nelson. Jamais ce dépravé de Molnar n'aurait cette chance de rencontrer un être comme Helena. Ce faune était condamné à se repaître de créatures en perdition. Un tel satyre pouvait-il imaginer qu'il existait un monde préservé de vulgarité comme celui de Fromentin ?

Bientôt, un brouillard alcoolisé s'abattit sur le dîner. Bien sûr il fut encore et encore question de Molnar, de ses œuvres et, surtout, de sa cote. Puis on délaissa la sculpture pour les investissements boursiers. Mentalement, je m'absentai de la table. Le dîner me semblait long, pesant. J'imaginais Helena enfourchant son vélo vert pomme pour se rendre à notre rendez-vous. Je maudissais ces instants qui me tenaient éloigné d'elle. On apportait sans cesse de nouveaux plats. Le service était d'une insupportable lenteur. Quel prétexte pouvais-je invoquer ? Enfin, on se leva de table. L'heure de mon rendez-vous était déjà largement passée. Je pris congé de Birgitt.

— Déjà ! Quel dommage. Nous avions préparé plein de jeux amusants. C'est la spécialité de mon mari. C'est un boute-en-train, vous savez !

Je m'enfuis. La voiture filait dans le jour laiteux qui tenait lieu de nuit. J'avais plus de une heure de retard. Helena serait partie, c'était certain.

21

La terrasse de l'hôtel Nelson était déserte. Je pénétrai dans le hall vide sans un regard pour le concierge. Je craignais trop qu'il me remît un message d'Helena. J'atteignis le bar. Il sentait le tabac refroidi et le désinfectant. Le barman désœuvré était au téléphone. Au bout de la salle, dans un recoin éclairé, je reconnus le chef du département français. Blême, les traits tirés, il était en discussion avec une interlocutrice dont je ne distinguais que la crinière rousse et les jambes gainées de bas noirs. Trop absorbé, il ne leva pas les yeux vers moi. Je me gardai bien de troubler son tête-à-tête avec celle que j'imaginais être son épouse infidèle. Essayait-il de la reconquérir ? La négociation entre eux semblait âpre.

Mes yeux scrutaient la demi-obscurité. Mais ils ne rencontraient que des tables et des banquettes en moleskine noire désespérément vides. Aucune trace de la présence d'Helena. J'enrageais contre moi-même. Par quelle légèreté avais-je été l'instrument de mon propre malheur ? Tant d'efforts pour la retrouver et cette chance gâchée par ma négligence au moment crucial. Comment avais-je pu mettre en balance ce dîner avec Molnar, qui m'était indifférent, et ce rendez-vous dans lequel je plaçais tant d'espoir ? J'étais sur le point de céder au désespoir quand un sac à main en velours grenat sur une table, à côté d'un cendrier où une cigarette américaine se consumait, attira mon attention. J'eus le pressentiment fulgurant de sa présence. Soudain, elle sortit de la pénombre et elle apparut en pleine lumière, secouant sa chevelure d'un geste de la tête.

— J'allais partir, me dit-elle d'un air fier.

Elle ne voulait pas que je me figure qu'elle était du genre à m'attendre toute la nuit. Mais quelque chose de tendre dans ses yeux exprimait le contraire.

Nous nous assîmes sur la banquette. Je pris sa main avec ferveur. Les mots que nous échangeâmes alors, dans les volutes de cigarettes à quelques mètres du chef du département français concentré sur son drame, ces mots n'avaient plus aucune importance. Ils étaient aussi insignifiants et fades que la musique d'ambiance. Ils ne servaient qu'à dissimuler nos pensées dirigées vers le même but. Je savais que ce que nous attendions l'un de l'autre était désormais inéluctable. Nous étions emportés dans le cours fatal de notre propre histoire.

22

Elle était nue, allongée sur le lit aussi étroit que celui d'un lieutenant de cavalerie. Son long corps bronzé, ses cheveux blonds qui cascadaient sur sa poitrine reposaient sous la lumière paisible de la lampe de chevet recouverte de ma chemise pour en diminuer l'intensité. Entre ses seins brillait la petite croix en or. Elle s'était assoupie — peut-être fermait-elle seulement les yeux. Elle avait conservé son porte-jarretelles rouge vif qui striait ses hanches et ses cuisses de traînées de sang. Il contrastait avec l'image de la jeune fille rangée dont je ne parvenais pas à me défaire. Et que dire alors de la science subtile qu'elle avait montrée dans l'amour ! Rien dans son apparence si sage, son maintien réservé ne laissait présager la frénésie qui l'avait saisie. Un déchaînement de bacchante. Pourquoi voulais-je à tout prix l'enfermer dans un rôle d'ingénue ? C'était une jeune fille avec forcément un passé dont il ne servait à rien de s'évertuer à reconstituer l'impossible histoire. Surtout à travers le plus trompeur des témoignages : sa fièvre amoureuse.

Ce qui m'agitait, c'était une impression d'impuissance : je n'avais fait que la suivre dans sa course vers la jouissance sans en être en rien responsable. À quelle source puisait-elle de telles forces qui la subjuguaient ? Qui était-elle vraiment ? Plus je m'interrogeais, plus les réponses me fuyaient. La jeune fille que j'avais vue si claire, d'une lumineuse transparence tandis qu'elle chevauchait son vélo vert pomme m'apparaissait maintenant enveloppée d'ombres et de feu.

23

Le boulevard Sibelius était désert. Il baignait dans une clarté fade. Je raccompagnai Helena jusqu'à sa bicyclette. Sur le trottoir, je l'embrassai longuement. Sa bouche avait un parfum sucré de cigarette américaine. Elle se couvrait le visage de ses cheveux pour que je ne remarque pas les ravages de la nuit. Je partais le lendemain. Elle le savait. Ce départ pesait sur nous de tout son poids d'incertitude. Je l'étreignis avec fougue. Je la voyais pour la dernière fois. Soudain, le trolleybus passa devant nous. Il était plein d'énergumènes travestis en animaux divers et jouant tous d'un instrument de musique. Il y avait des têtes de loup actionnant des cornets à pistons, des faces d'âne qui jouaient de la trompette, un épagneul qui frappait un tambourin. Le charivari burlesque passa devant nous en nous éclaboussant de musique et de lumière. Derrière lui, sur une camionnette surmontée d'une plate-forme, une caméra filmait le trolley qui semblait lancé dans une course folle.

— Décidément, dit Helena, c'est une drôle de nuit.

24

Dans l'avion qui m'emporta quelques heures plus tard, je me remémorai les épisodes de cette nuit blanche. J'avais l'impression d'avoir rêvé. Tout se mêlait : la bicyclette vert pomme, le porte-jarretelles rouge, la soirée de Birgitt, sa sculpture en terre cuite dans l'assiette vide de Molnar, mon angoisse lors de mon entrée dans le bar désert. D'autres images me revenaient : le souvenir de cette longue plage froide de solitude dans la chambre de l'hôtel de Turku. Je repensais au chef du département français. Et lui ! Quelle avait été sa nuit ? Il y avait peu de chances pour qu'elle ait été aussi chaude que la mienne. Avait-il réussi à reconquérir son épouse volage et à la convaincre de reprendre la vie commune ?

Mes pensées revenaient toujours vers Helena. Quel sens avait cette rencontre avec elle ? Pourquoi mon cœur battait-il si fort pour une inconnue dont je ne savais rien ? Quelle mystérieuse alchimie m'avait porté vers elle ? C'était son image chaste et rassurante qui m'avait séduit. Ce halo de pureté qui l'avait auréolée dès qu'elle m'avait parlé de Fromentin. Elle restait toujours pour moi invinciblement attachée à ce monde suranné de pudeur et de renoncement. « L'arôme des feuilles mortifiées par la pluie. » Ce n'était pas cette sorte d'arôme que j'avais goûté en elle, dans ses retranchements intimes, mais l'arôme du pain chaud.

Je repris mon livre sur Benjamin Constant. Sa lecture me fatigua vite. Décidément, cette existence de débauche me dégoûtait. Elle contrastait trop violemment avec la vision d'Helena. Elle me faisait l'effet d'un sacrilège. Je refermai le livre. Soudain, comme un trait de feu, me revint en mémoire un épisode brûlant de la nuit, un geste d'Helena d'une audace indécente qui réveilla en moi un désir fauve. Non, décidément, cet art savant des caresses ne lui venait pas de sa lecture de Fromentin.

DEUXIÈME PARTIE

1

Dans cette fin d'été, Paris m'apparut morne et désert. J'avais l'impression qu'il y voletait déjà des feuilles mortes. Il faisait un temps lourd et chaud, zébré de courants de brise tièdes qui sentaient la poussière et le ticket de métro. Quelques touristes erraient encore avec des airs d'oiseaux migrateurs sur le départ. Je retrouvai mon bureau rue Grégoire-de-Tours, un local vétuste situé au rez-de-chaussée dont la canicule n'était pas parvenue à assécher l'humidité. Une masse de courrier m'attendait avec une famille nombreuse de souris installée dans une soupente qui avait trouvé son paradis dans les boiseries vermoulues, les planchers disjoints et la moisissure. La mort-aux-rats, loin de l'éradiquer, semblait au contraire entretenir sa vigueur et développer ses facultés génésiques. Ce lieu insalubre était pourtant le siège d'une revue dont l'apparence prestigieuse, le luxueux papier glacé sur lequel elle était imprimée ne se ressentaient en rien des conditions proches de l'indigence, en infraction avec toutes les normes d'hygiène, où elle était élaborée. J'en étais le directeur, le rédacteur en chef, le rédacteur, le correcteur et, le plus souvent, l'homme à tout faire avec pour seule aide une secrétaire à mi-temps, neurasthénique, qui apparaissait au gré de ses crises et de leurs rémissions à coup d'antidépresseurs.

Voilà encore un trait que je partage avec les écrivains avortés : il me faut rester dans l'atmosphère du papier imprimé qui donne l'illusion d'être ce que l'on n'est pas. Comme si scribouiller, griffonner, barbouiller, avait le moindre rapport avec la fièvre d'écrire. Je me faisais penser dans ce pathétique succédané à ces aiguilleurs du ciel, bureaucrates cloués au sol devant leur écran, qui rêvent d'être des pilotes s'ébrouant dans l'azur à la poursuite des nuages.

Je retrouvai intactes mes relations barbelées avec la propriétaire de la revue, Mme Delachenal, septuagénaire, autocrate, pingre, dont le mari avait fait fortune dans l'industrie agroalimentaire et les supermarchés. Elle avait découvert sur le tard, comme un miraculeux sésame, ce pouvoir artistique qui lui avait ouvert soudain les portes d'un monde insoupçonné auquel sa fortune seule ne lui aurait pas permis d'être admise. Par la magie de l'art qui avait mis un terme à son désœuvrement, elle avait accédé à une société opposée en tout à celle qu'elle avait connue. Elle découvrait une autre vie qui l'enchantait. Elle avait passé son existence à gagner de l'argent et elle mettait maintenant toute son énergie à en perdre — certes, le moins possible. Cette orgueilleuse grosse dame aux lunettes fines, cerclées d'or, rattachées à son cou par un cordon de soie rose, aurait pu faire une de ces grand-mères autoritaires qui font réciter leurs leçons à leurs petits-enfants. Faute de progéniture qui aurait canalisé son énergie et ses heures mortes, elle avait, par le plus grand des hasards, jeté son dévolu sur une activité dont elle ignorait tout. Physiquement, avec ses gros yeux fixes sans paupières, elle me faisait irrésistiblement penser à un hibou, un de ces rapaces nocturnes amateurs de souris qui m'auraient été bien utiles dans mon local insalubre. Mais, ménageant sa santé, elle n'y mettait jamais les pieds.

Dès qu'elle eut vent de mon retour, elle me convoqua dans son appartement du quai Voltaire. J'imaginai aussitôt que cette Catherine II de l'agroalimentaire allait reprendre l'antienne qui la turlupinait : le déménagement de la revue. Elle envisageait, selon son caprice ou sa pingrerie, de transporter son siège tantôt à Gennevilliers, tantôt rue de Condé, dans un hôtel particulier qui lui appartenait, dont les salons pourraient offrir un tremplin à sa soif de cocktails, de mondanités et de considération.

J'étais en face d'elle, dans son appartement cossu où elle entassait les meubles de prix et les chefs-d'œuvre — en réalité, des demi-croûtes : les moins bons tableaux des peintres les plus connus. Elle me reçut assise derrière un bureau Empire orné de têtes de sphinges. Après avoir eu droit au récit de ses hésitations immobilières, elle me demanda aimablement mes projets pour la revue. Tandis que je lui citais les noms du Primatice, du Caravage, de Véronèse dont l'agréable sonorité parvenait à ses oreilles comme une musique exotique, j'avais l'impression de voir passer dans ses yeux vides des boîtes de sardines à l'huile, des fromages pasteurisés, des bouteilles de Coca-Cola, des savonnettes, des couches-culottes, tous les produits de consommation qui avaient assuré sa fortune et continuaient de peupler son imagination mercantile.

Comme je terminais mon exposé en m'échauffant à la perspective d'un numéro consacré au Bernin en collaboration avec le musée du Vatican, je sentis une vague de lassitude embrumer ses yeux de hibou. Elle sourit pour masquer l'ennui profond que lui inspirait mon propos.

— C'est très bien, dit-elle. Mais, évidemment, tout cela, c'est le passé.

Je m'inclinai respectueusement devant cette évidence patronale. Toute parole que pouvait proférer une femme à la tête d'une si écrasante fortune était forcément digne de respect. Et je n'étais pas en position de risquer mon maigre salaire pour contrarier une nouvelle lubie.

— Pourquoi ne consacreriez-vous pas un numéro à un artiste moderne ? Molnar, par exemple.

2

Côté privé, ce n'était pas fameux non plus. J'avais retrouvé ma compagne, mon ancienne femme qui, après m'avoir quitté et contraint au divorce, m'était revenue après un second mariage raté. Tous ces échecs avaient finalement remis beaucoup d'idées en place. Nous connaissions alors les meilleurs moments de notre couple : comme nous n'attendions plus rien l'un de l'autre, nous vivions une forme de bonheur tranquille, éloigné de toute passion, purgé de tout reproche. Nous étions assez indifférents l'un envers l'autre pour ne pas nous faire souffrir et suffisamment attachés pour nous faire mutuellement du bien. Nous avions atteint un équilibre dans cet état de confiance non passionnelle et cette lente désérotisation que cherchent au fond tous les couples — dont le mariage est l'expression la plus patente — afin d'être débarrassés de l'irritante question du sexe, facteur d'insatisfaction, d'angoisse, de jalousie, de nervosité inutile. Une confortable paix suisse s'était installée dans nos rapports. Une résignation philosophique nous habitait. Nous n'attendions plus rien de ce dont nous avions tout attendu. Nous étions désormais vaccinés contre les maladies de la jeunesse : les fièvres de la passion, les faux élans de l'adultère, les enthousiasmes vite dégrisés, l'illusion des rencontres. J'avais trompé autant que j'avais été trompé, j'avais souffert autant que j'avais fait souffrir, même si j'étais convaincu d'avoir beaucoup plus souffert moi-même, parce qu'on sait la douleur qu'on endure et on n'imagine jamais celle qu'on inflige aux autres. Aucun appareil de mesure ne nous permet de jauger la cruauté des dévastations que nous provoquons.

Une étudiante de l'École du Louvre était brièvement passée dans ma vie. Je lui avais plus servi de père adoptif que d'amant. Je la conseillais pour ses études, dans le choix de ses lectures et, parfois, de ses amants. Ma compagne fermait les yeux sur cette liaison dont elle pressentait avec quelque raison qu'elle était plus filiale qu'érotique. À la condition que je ne franchisse pas certaines limites d'un pacte non écrit, au fond plus impératif et plus contraignant que les liens du mariage, elle ne se formalisait pas d'une passade appelée à se faner au plus vite, comme les belles fleurs des espérances et de la jeunesse.

3

J'ai toujours vécu à côté de moi-même. Oui, à côté de celui que j'aurais voulu être. Ou plutôt en face, car ma relation avec ce double obscur est agressive, corrosive, désespérante. Je l'ai dit : je boite. Un pied dans la réalité, l'autre dans un rêve inaccessible. Ce que cette boiterie m'a fait endurer, personne ne peut en imaginer le supplice. En apparence, rien ne transpire de cette tragédie intime : l'homme que je suis qui donne tous les signes d'une existence privilégiée est rongé par un mal secret. Personne comme moi ne semble goûter autant les plaisirs de la vie : la bonne chère, les plaisirs solides de la franche camaraderie, l'agrément d'un statut professionnel qui suscite une agréable et hypocrite flatterie, les vibrants coups de cœur artistiques, les éblouissements devant les grands maîtres de la Renaissance. J'ai aimé le train-train d'une vie conjugale maussade, mais rassurante, avec ses fades après-midi dominicales sculptées dans un ennui compact, la fausse excitation des réveillons familiaux avec leur escorte de garçons tapageurs, de petites filles aux cris aigus, d'aïeux somnolents. Je regardais ce rituel familial avec un fatalisme d'Oriental. Ce théâtre d'émotions se déroulait sur l'épiderme de moi-même. Une ombre enveloppait mes plaisirs. Ma femme me reprochait ma réticence. Je ne parvenais pas à m'abandonner à la liesse de ces fêtes obligées : « On dirait que tu t'ennuies. Que tu es ailleurs. »

Elle ne croyait pas si bien dire. Comme ce monde si proche me paraissait lointain. Mes amis, étrangers. Ma vraie famille, c'était les écrivains que j'aimais, dont la pensée m'aidait à m'évader du trébuchet familial. Ailleurs, oui : je creusais sous la surface de cette vie morne et conventionnelle ; je forais un puits pour atteindre je ne sais quelle vérité souterraine aussi claire, vivifiante et ombreuse que la nappe phréatique. Ou alors je regardais vers le ciel fuir les nuages, les merveilleux nuages.

Je sais. Nous avons tous enfoui dans notre cœur un rêve inassouvi, un amour de jeunesse dont la pensée lancinante ne nous laisse pas en repos, un métier dans lequel on rêvait de s'accomplir. Mais, s'agissant de moi, l'affaire est plus grave. J'ai été dépossédé de ma vraie vie.

Je voulais écrire. Il me semblait, dès ma prime adolescence, que j'étais né pour cela, uniquement pour cela : communier avec une feuille de papier, livrer le tumulte que je sentais au fond de moi, inventer des personnages, vivre de cette existence par procuration qui est le douloureux privilège de l'écriture. J'aurais tout donné pour que s'accomplisse la destinée pour laquelle j'étais né ; et, encore aujourd'hui, je serais prêt à payer le prix fort d'un pacte diabolique pour que cette vocation se réalise.

Car écrire, ce n'est pas seulement aligner des mots sur le papier, c'est se retrancher du monde dont on observe la mécanique et les drames pour accoucher de la vérité de soi-même. Et si peu d'hommes y parviennent ! Je ne parle pas de ces plumitifs qui inondent les librairies de leurs productions, les petits parfumeurs des lettres, ces romanciers et romancières qui déversent le trop-plein de leur insatisfaction sentimentale et qui se servent de la littérature comme d'un pot de chambre de leurs émotions.

Ce trésor, je ne l'ai pas trouvé. Je suis passé à côté de ma vie. Combien de fois n'ai-je pas prononcé les paroles fatales de Nina, l'héroïne de Tchekhov : « Pour un aussi grand bonheur que d'être écrivain, je supporterais l'inimitié des miens, au besoin la désillusion ; j'habiterais sous les toits ; je ne mangerais que du pain noir ; je souffrirais du mécontentement de moi-même, de la conscience de mes défauts. Mais, en retour, j'exigerais la gloire. Une gloire vraie, tonitruante. »

Je voulais être écrivain pour moi mais aussi pour les autres, puisque c'était ma véritable identité, la seule que je voulais qu'on m'accordât. J'aspirais à cette trouble reconnaissance de la famille qui vous considère avec méfiance comme un habitant d'une autre planète, au regard intrigué des amis qui éprouvent ce sentiment mêlé d'admiration et de dépit pour cet aventurier qui, ayant beau partagé leur plaisir, reste un absent puisqu'il les a quittés pour l'ivresse du grand large.

Ce rêve brisé pourrissait en moi et gâchait ma vie.

4

Deux semaines après mon retour de Finlande, une pluie diluvienne s'abattit sur Paris. Elle me surprit alors que je déambulais dans les jardins du Luxembourg au milieu des statues blafardes, des enfants braillards, de quelques satyres honteux, surveillés de loin par des képis vigilants, de séminaristes en short et de bonnes d'enfants sri lankaises. Cette pluie survenue à l'improviste tombait dru dans une symphonie wagnérienne de tonnerres et d'éclairs. J'avais trouvé un abri de fortune sous un marronnier de moins en moins protecteur. L'eau ruisselait de ses branches, s'insinuait entre ses feuilles et venait dégouliner dans mon cou. De la terre, de plus en plus marécageuse, montait une odeur d'herbe et de foin coupés. J'observais le spectacle de la pluie qui me rappelait une très belle estampe d'Hokusai représentant un pont près d'un marché : le paysage était strié de raies sombres perpendiculaires. Le déchaînement des éléments qui faisaient frémir le tronc des arbres, secouaient leurs branches avec violence, me procurait une sensation délicieuse. La ville tout entière semblait s'effacer docilement devant la tornade qui, avec une frénésie primitive, voulait régner sur elle de toute sa force. D'instinct j'étais avec cette pluie, dans son offensive sauvage contre la ville. Mon âme païenne se réveillait. Je posai mon front contre l'écorce du marronnier, puis je l'étreignis, écorchant ma peau sur sa surface rugueuse. Sans doute étais-je en train de refaire un geste symbolique que les habitants de Lutèce pratiquaient pour honorer le dieu des forêts. Agissant ainsi, je me sentais relié à tout un patrimoine occulte, comme si la sève, qui battait au cœur de l'arbre, de son tronc et de ses racines qui puisaient dans les entrailles profondes de la terre, me parlait une langue familière et oubliée. « L'arôme des feuilles mortifiées par la pluie. » La phrase me revint, toujours aussi insinuante et fragile que la bribe d'une mélodie.

Soudain, je sentis se déclencher en moi une faim étrange, le désir de quelque chose de mystérieux et d'inconnu. Un appel auquel je ne parvenais pas à répondre. Et, aussitôt, un malaise, une angoisse. L'impression d'une noire solitude. C'était celle exactement que j'avais éprouvée à Turku sous la pluie battante. Cet horizon fermé que n'éclaire plus la perspective de l'amour. Oui, soudain, d'une manière tout aussi foudroyante, je fus saisi par le sentiment que quelque chose d'essentiel me manquait. Helena.

5

Si étrange que cela puisse paraître, j'avais très peu pensé à elle pendant quinze jours. Le moment intense et précieux que j'avais vécu avec elle, je le gardais cacheté comme un secret que j'aurais eu avec moi-même. Les épisodes brûlants de la nuit blanche d'Helsinki ne me troublaient pas. Comme si cette histoire renfermée dans la nuit noire était classée, archivée. C'est le cas de beaucoup de rencontres qui n'ont de sens qu'au lieu et au moment où on les fait. Elles existent mais ne sont pas exportables ni appelées à avoir de suite.

Le souvenir d'Helena me revenait d'une manière indirecte. D'abord dans l'appétit que je retrouvais pour la vie. Elle m'avait réveillé d'une sorte de somnolence. Je redevenais plus tonique. Elle me redonnait de l'intérêt pour les choses, du goût pour les saveurs, le désir d'en humer les parfums. Je n'établissais aucun lien entre elle et les plaisirs nouveaux que je prenais dans l'exercice des faits et gestes de mon existence quotidienne. Pourtant, indéniablement, elle était présente. Les effluves de farine et de froment chez le boulanger portés par la touffeur du four avaient des correspondances secrètes avec le parfum de son corps, aussi bien la senteur musquée de ses aisselles que l'odeur de pain chaud de son sexe. Les huîtres arrosées de citron que je dégustais, savoureuses, visqueuses, odorantes, provoquaient en moi une émotion qui me transportait bien loin de la terrasse du Dôme, bien au-delà de la Finlande, dans le ténébreux mystère d'une nuit dont il demeurait sur mes lèvres un curieux goût d'eau salée, d'algues et de coquillages.

J'hésitais à téléphoner à Helena. Avais-je peur de rompre la magie de cette rencontre ou, plus simplement, d'entamer avec elle un dialogue convenu, banal, après le moment de folie qui nous avait portés dans des limites inexplorées de nous-mêmes ? Mieux valait peut-être rester avec ce souvenir de feu plutôt que sur une conversation anodine qui nous frustrerait l'un et l'autre.

Il était évident qu'elle attendait un appel de ma part. D'où me venait cette certitude ? Pas seulement de l'outrecuidance habituelle aux mâles en matière sexuelle, mais de cet esprit de jeune fille qui émanait d'elle, de son air de discrétion, de sa réserve et de son attirance pour le monde suranné et délicat de Fromentin. Ce coup de fil, où allait-il me mener ? À retourner en Finlande, à l'inviter à Paris ? Une forme de paresse paralysait mon esprit d'initiative. Une autre cause expliquait mon peu d'empressement : je ne m'imaginais aucun avenir avec elle.

J'avais seulement envie de parler d'elle à quelqu'un.

Je téléphonai à Mirja. Elle aussi avait regagné Paris. Elle me répondit d'une voix suave, sans trace d'agressivité. Malgré tout, je percevais que je l'avais déçue. Plus je lui manifestais mon affection, plus je la sentais distante.

Je lui parlai de Molnar. Mais elle n'embraya pas sur ce sujet, sentant bien que ce n'était pas la raison de mon appel. D'un ton pincé, elle me dit :

— J'espère que vous gardez un bon souvenir de la Finlande. Pas seulement à cause de la jeune fille aux yeux bleus.

— Helena, dis-je.

— Oui, Helena, la spécialiste de Fromentin. Vous a-t-elle dit que sa mère était russe ? me demandat-elle, comme si cette précision avait soudain une grande importance.

— Je ne sais plus. Il me semble.

— Les femmes russes n'ont pas de limites. Elles sont comme la steppe. Méfiez-vous ! Suivez mon conseil : ne gardez que les bons souvenirs ! N'allez pas plus loin.

Je restai interdit.

— Merci du conseil, dis-je, un peu vexé d'être traité comme un petit garçon.

Et je raccrochai, bien décidé à n'en faire qu'à ma tête. J'avais passé l'âge des leçons.

6

Sitôt prise ma décision de lui téléphoner, je m'y préparai mentalement. Je craignais de ma part un de ces mots malheureux qui blessent inconsidérément le cœur. L'âme d'une jeune fille se froisse si facilement. Et j'étais trop éloigné d'elle pour pouvoir réparer une maladresse. En réalité, je ne savais pas ce que j'allais lui dire, car j'ignorais ce que j'attendais d'elle. Ou plutôt, dans mon for intérieur, j'espérais de sa part la manifestation d'un élan de tendresse. Je voulais vérifier qu'elle ne m'avait pas oublié et me rassurer sur l'importance que cette nuit partagée gardait toujours pour elle. J'avais peur que ce souvenir commence à disparaître de sa mémoire comme probablement il allait s'effacer de la mienne.

Je décidai de l'appeler de mon bureau pour narguer la pingrerie de la propriétaire de la revue qui détestait par-dessus tout les dépenses causées par des communications téléphoniques personnelles. Je choisis, pour être tranquille, une matinée où la secrétaire était absente. Je n'avais que l'embarras du choix car, entre son mi-temps et ses congés maladie, elle troublait rarement ma solitude. Ce matin-là, justement, elle vint. Comme si le Ciel m'envoyait un ange pour me dissuader de mettre mon projet à exécution. Cette brave femme dépressive ne ressemblait pas précisément à un ange. Elle avait beaucoup de bonne volonté, et souvent, devant les manifestations de son anxiété maniaco-dépressive, je me félicitais de mon équilibre mental. Pour avoir le champ libre, je lui proposai d'aller faire une course rue des Canettes. Ravie de cette rupture dans le train-train dactylographique, elle enfila son grand manteau gris et sortit.

C'est avec émotion que je formai tous les chiffres de son numéro sur le cadran. Tant de choses étaient possibles à ce moment ! Dans quelles dispositions d'esprit accueillerait-elle mon appel ? Celui-ci la surprendrait-il pendant qu'elle rédigeait un article de mode pour sa revue ? Ou au moment où elle lisait un livre de Fromentin ? À moins qu'elle ne se prépare à partir pour le campus sur sa bicyclette vert pomme ?

La sonnerie retentit. J'entendis sa voix.

— Helena, Helena, m'écriai-je avec vivacité.

Il y eut un silence. Puis elle s'exprima en finnois d'une voix rapide, saccadée, sans que je susse si elle s'adressait à moi ou à quelqu'un qui était près d'elle. Soudain, à voix basse, elle chuchota dans un mauvais français auquel elle ne m'avait pas habitué, comme si elle avait régressé dans cette langue depuis notre rencontre.

— Moi pas pouvoir vous parler. Au revoir, monsieur.

Elle raccrocha, me laissant abasourdi. Je restai un long moment prostré jusqu'à ce que j'entendisse ma secrétaire qui se tenait devant moi avec son long manteau gris et m'interpellait d'un air inquiet.

— Vous ne vous sentez pas bien ? Vous avez un malaise ? Voulez-vous que j'appelle un médecin ? Je vais vous préparer un cachet de Coramine Glucose.

7

Je chutai au plus bas de moi-même. Absurdement. Quelle sotte impulsion m'avait poussé à éprouver le destin ? Quel besoin avais-je de réveiller un passé qui allait sombrer dans l'indifférence pour n'en retirer que souffrance et humiliation ? J'avais appelé Helena, que je commençais doucement à oublier, sans qu'aucune nécessité m'y contraignît. Et voilà qu'au seuil de disparaître à jamais elle se mettait soudain à exister par la souffrance qu'elle provoquait. Son attitude distante si inattendue la rendait étrangement vivante. Ce n'était pas son image diaphane, un peu irréelle, qui me revenait — celle que je caressais en rêve à l'époque de Turku — mais sa présence la plus charnelle dans la chambre de l'hôtel Nelson. Mon imagination flambait. Les souvenirs se déchaînaient. Comment pouvait-elle se montrer aussi oublieuse des moments que nous avions vécus ? N'étais-je donc plus rien pour elle ! Ne m'avait-elle prêté que la surface de sa peau ?

Je sentis naître en moi les affres d'une jalousie rétrospective. Je ne pouvais mettre ce revirement que sur le compte de l'homme qui, probablement, partageait sa vie. C'était sans doute lui qui était présent quand j'avais téléphoné. Lui à qui elle avait menti quand elle avait passé la nuit avec moi à l'hôtel Nelson. Mais qui était-il ? Jeune comme elle, plus âgé, blond ou brun ? Beau ou laid ? Qu'elle ne m'ait rien dit de sa vie enflammait mon imagination. Tout était possible. Une idée me torturait : était-ce cet amant qui l'avait initiée à cette science des caresses où elle se montrait si experte ? Des images brûlantes m'assaillirent, jetant sur mes yeux un voile rouge.

8

Je fis une nouvelle tentative le lendemain. Ma main tremblait en composant son numéro de téléphone. J'entendis sa voix.

— Ah, c'est vous, dit-elle d'un ton plus accueillant que celui de la veille mais qui ne marquait aucun enthousiasme.

— Vous êtes seule ?

— Pour le moment. Je serai peut-être obligée de raccrocher.

Son français s'était curieusement amélioré depuis la veille.

— Êtes-vous heureuse que je vous appelle ?

Je devenais un peu niais.

— Souvent les hommes ne rappellent pas.

Cette réponse m'enfonça un coup de poignard dans le cœur. Les hommes ! Ce n'était donc pas la première fois qu'elle trompait son amant !

— Il y a un bruit de friture sur la ligne.

— Ce n'est rien. Je mange des chips.

J'éprouvai une impression bizarre. Dans cette créature distante, je ne retrouvais plus celle que j'avais connue si délicate, si aimante qui évoluait dans le monde magique de Fromentin. Elle me troublait, m'inquiétait. Soudain, je m'entendis prononcer une phrase qui ne me serait pas venue à l'esprit deux jours plus tôt :

— Pourquoi ne venez-vous pas à Paris ?

Elle rit. Puis, redevenant sérieuse, elle me dit d'un ton pénétré :

— C'est un beau souvenir. Mettons-le dans un cadre et n'y touchons plus.

Je protestai. J'insistai.

— Mais non, vous n'êtes pas amoureux. Vous êtes…

À cet instant où elle allait me dire ce que je ressentais pour elle, ce que j'étais bien en peine de définir, elle raccrocha.

J'éprouvai une sensation désagréable. Comme si un oiseau de malheur venait de se poser sur son épaule.

9

Malgré ses rebuffades, je continuai à l'appeler. Je lui écrivis. Mon insistance accentuait son indifférence. Mes sentiments se renforçaient sur l'obstacle qu'elle m'opposait. Plus elle semblait s'éloigner et plus elle m'était indispensable. Elle ne répondit à aucune de mes lettres. Elle ne montrait que de la lassitude devant mes appels répétés.

Un jour, elle prononça une phrase qui sonna comme un verdict sans appel.

— Ne me téléphonez plus. Vous vous faites du mal et vous m'en faites aussi.

Et elle raccrocha.

10

Dès lors, je m'efforçai de l'oublier. Que pouvais-je faire d'autre ? Mais c'était trop tard : elle s'était inscrite en filigrane de ma vie. Je ne pouvais voir le téléphone de mon bureau avec son air de crabe noir aux pinces repliées sans qu'il me remît en mémoire mes appels désespérés. Ma secrétaire et son long manteau gris, ses cachets de Coramine Glucose, m'évoquaient irrésistiblement ma première désillusion en appelant Helsinki. J'évitais aussi le jardin du Luxembourg où j'avais ressenti les premiers symptômes de mon mal sous la pluie battante. Mais la pluie elle-même ! « l'arôme des feuilles mortifiées ». Et les pays nordiques ! Qu'on ne me parle surtout pas de Fromentin.

Ce fut justement l'époque où le conservateur du musée de Fougères décida d'organiser une exposition sur le peintre. Je reçus le catalogue qui montrait les œuvres de l'orientaliste, disciple de Delacroix, à l'époque de son séjour en Algérie. Ce nom de Fromentin ne me laissait pas en paix. Il était doté d'un pouvoir mystérieux. Il me blessait, me torturait. Quelque effort que je fisse pour l'éviter, je ne parvenais pas à lui échapper. Tantôt c'était un entrefilet dans un journal, tantôt une reproduction d'un de ses tableaux, tout se liguait pour me parler de cet artiste si discret jusqu'alors dont le nom était rarement cité.

Comment aurais-je pu imaginer que ces trois syllabes, Fro-men-tin, seraient pour moi un jour l'occasion d'une telle souffrance ? Car tout se mêlait. Helena voyageait désormais dans mes rêves. Elle incarnait l'idéal que je n'avais jamais eu de cesse d'atteindre. Elle était auréolée de cette puissante séduction qu'inspirent les femmes qu'on dit cruelles et qui ne le sont que parce qu'elles entretiennent l'espoir. Si elle m'eut repoussé, les choses auraient été plus simples. Mais il y avait eu cette nuit. Je me livrais à des exégèses de ses propos, y cherchant la promesse d'un possible revirement. Ne m'avait-elle pas dit que mes appels lui faisaient du mal ? Voilà qui battait en brèche sa prétendue indifférence. Mais j'avais beau me monter la tête, j'arrivais toujours à la conclusion que cette illusion ne servait qu'à accroître mes souffrances. Je me jurais de renoncer à elle. Mais, le lendemain, son souvenir revenait me visiter.

Un souffle suffisait à réveiller sa présence. Presque rien. Quand je regardais une femme dans la rue, je ne pouvais m'empêcher de la comparer à Helena. Et si je l'entraînais chez moi et qu'elle ne m'était pas hostile, les plaisirs qu'elle m'offrait me paraissaient bien pauvres en comparaison des fièvres que me prodiguait encore le souvenir de celle qui m'obsédait.

Ce goût pour la vie qu'elle m'avait donné se dissipait. J'étais maussade, de mauvaise humeur. L'idée d'aller à mon bureau, de retrouver ma secrétaire neurasthénique, de reprendre les mêmes discussions avec la propriétaire de la revue me harassait l'âme. J'étais sur le chemin dangereux de la dépression nerveuse, en train de rejoindre mon assistante qui, brave femme, me montrait une grande sollicitude. Sa mélancolie semblait d'ailleurs aller mieux à mesure que je montrais les signes de mon dépérissement mental. Elle était pimpante, presque guillerette.

Un jour, au téléphone, pour une raison futile, un retard de l'imprimeur italien dans l'impression de la revue, je me mis dans une colère qui m'inquiéta moi-même. De rage, je jetai le téléphone par terre. Ma secrétaire, qui observait la scène comme un professionnel devant un cas clinique particulièrement intéressant, leva vers moi des yeux pleins de compassion. Elle me dit d'un ton ferme :

— Vous n'allez pas bien. Il faut vous soigner. Je peux vous donner l'adresse d'un médecin.

Je l'arrêtai d'un geste. Tout de même, je n'étais pas tombé si bas.

11

Le temps passa. Ce temps auquel rien ne résiste, aucune construction, aucun amour, aucune ambition. Même pas le malheur. Le souvenir d'Helena cessa peu à peu d'être douloureux. Sans s'effacer, il perdit ses pigments comme une image qui se décolore. Ce n'était plus qu'un point sensible dans mon âme, une de ces minuscules cicatrices qui restent gravées sur la peau de notre cœur auxquelles on ne pense plus mais dont la douleur parfois se réveille, lancinante, avec un sentiment déprimant de rendez-vous manqué et de promesse non tenue.

Chez moi, rue du Regard, j'écoutais un concerto pour mandolines de Vivaldi. La mandoline qui égrenait sa mélodie faisait écho à ma mélancolie. J'avais l'impression que mon propre cœur servait d'instrument au soliste qui lui arrachait cette plainte aérienne et triste.

Je m'efforçais de voir clair en moi : pourquoi avais-je donné une telle portée à cette aventure ? Je butais dans l'obscurité contre moi-même. J'en voulais à Helena de m'avoir, en me rejetant, fait rejoindre le troupeau d'infirmes que je côtoyais chaque jour, qui ne connaissent pas la passion, dont l'existence se réduit à des plans mesquins, à l'enfermement dans les bornes maussades de la vie quotidienne.

Je l'oubliais et je ne l'oubliais pas. J'étais honteux de ne plus souffrir. Je m'en voulais de me trahir, car cette souffrance était ce qui me rattachait à la part la plus vivante de mon être. Ma vie devenait plate, insipide. J'avais la nostalgie de cet autre moi-même plein de fougue qui s'éloignait. Que me restait-il de ce naufrage ? L'impression d'avoir manqué le bonheur ; cette tendresse que l'on garde pour ses folies passées ; le sentiment d'une énigme du cœur ; une émotion devant ce nom de Finlande, pays devenu subitement volcanique et mystérieux. Et, par-dessus tout cela, comme à travers un brouillard, le monde de Fromentin qui, maintenant, m'apparaissait aussi familier, cher et douloureux qu'une terre natale : la Charente était devenue une des provinces de mon âme, province où s'était déroulé un drame secret connu de moi seul, un de ces crimes contre la vie qui ne laissent pas de traces visibles mais, dans le cœur, le sentiment d'une perte irréparable. Et, brûlant, apparaissant comme l'éclair dans ce paysage en demi-teinte, jetant sur moi ses lueurs voluptueuses dans la chambre de l'hôtel Nelson, le souvenir d'un terrible petit porte-jarretelles rouge.

12

C'était un de ces jours froids et secs de février où le soleil brille dans un ciel sans nuages. Mais, dans le lugubre local qu'occupait la revue, je ne bénéficiais pas de cette clarté triomphante. Le froid, en revanche, s'insinuait par toutes les fissures. Ma secrétaire, qui se montrait très prévenante depuis ma dépression, avait beau avoir installé un radiateur électrique, je gelais. Je travaillais à mon bureau avec mon manteau sur les épaules. Le téléphone sonna. Cette sonnerie m'arracha désagréablement à la lecture dans laquelle j'étais plongé. Je relisais la correspondance de Van Gogh à son frère Théo pour un prochain numéro de la revue. (« Toujours le passé », aurait dit la Catherine II de l'agroalimentaire.) J'étais happé par ce monde de haute souffrance spirituelle et de malheur inguérissable qu'expriment ces lettres tendues vers une des plus folles et des plus surhumaines tentatives artistiques. Je décrochai le combiné.

— C'est Helena.

— Helena !

— Oui, votre petite Finlandaise.

Ma surprise aurait été moins grande si une morte m'avait appelé en direct de l'enfer. Je bafouillai. Raide, empoté, je ne savais que lui dire. Un mouvement de tendresse me portait vers elle, mais il était glacé par le ressentiment. Je lui en voulais. Elle réveillait une blessure toujours sensible. Elle au contraire se montrait aussi à l'aise et enjouée que si nous nous étions quittés la veille. Elle parlait de Fromentin. Puis, sans transition, elle me donnait des nouvelles du chef du département français : il s'était consolé de ses déboires conjugaux et filait le parfait amour avec une de ses étudiantes.

Où voulait-elle en venir ? Par quel chemin son indifférence, sa lassitude aboutissaient-elles à ce subit regain d'intérêt pour moi ? Je me tenais sur mes gardes. J'avais trop souffert pour ne pas me méfier.

Déjouant mes prévisions, elle me lança tout à trac :

— J'ai décidé de venir m'installer à Paris. J'arrive la semaine prochaine.

Ma rancune s'effaça. Que m'importait d'avoir été maltraité. Je ne pensais qu'au plaisir.

13

J'avais besoin de prendre l'air. J'abandonnai Van Gogh à son drame spirituel et à ses lamentations financières pour me promener rue de Tournon. J'errais sans rien voir ni rien sentir, enveloppé dans une atmosphère cotonneuse. J'étais trop absorbé par la nouvelle que je venais d'apprendre pour réfléchir à ma situation avec sérénité. Je voulais comprendre tout en sachant l'inanité de ma démarche. Je devais accepter cette nouveauté dans ma vie : Helena n'était pas prévisible. Elle ne pouvait être appréhendée par l'intelligence. Et, pourtant, quelque chose en moi refusait cette fatalité. Je voulais voir clair en elle. Pouvais-je vraiment l'aimer sans savoir qui elle était ?

Je me dirigeai vers le jardin du Luxembourg. Mes pas me portèrent place Saint-Sulpice. À l'arrêt de l'autobus, en face du Café de la Mairie, mon attention fut attirée par une femme d'une quarantaine d'années, une blonde à la peau diaphane comme celle des albinos, qui houspillait violemment sa petite fille, tout aussi blonde qu'elle. La gamine se mit à pleurer. La mère exaspérée la gifla. La petite fille, saisie par la réaction brutale de sa mère, s'arrêta net : elle la fixa avec stupeur d'un regard où se lisait une interrogation apeurée. Une grimace déforma son visage et, prise d'une crise de nerfs, elle se mit à pousser un long hurlement de bête. Les passants se détournaient d'un air gêné. J'observai la scène sans pouvoir intervenir. Qu'est-ce que cette violence signifiait elle aussi ? Non, il ne fallait pas chercher à comprendre. La vie n'est pas faite pour ça. Elle ne s'explique pas. Elle est.

La scène me remua. Elle m'arracha à la pensée d'Helena. Dans le jardin du Luxembourg, j'allai droit vers le marronnier avec lequel j'avais eu ce dialogue réconfortant quand je me désespérais devant le silence d'Helena. Il avait changé : dépouillé de ses feuilles, tendant ses branches noires et tordues vers le ciel, il semblait nu, abandonné, tout à la fois pathétique et patibulaire. Le soleil qui l'éclairait n'effaçait pas cette impression de deuil. Je me rappelai soudain la scène fantasque à laquelle j'avais assisté avec Helena après notre nuit blanche en la raccompagnant à sa bicyclette : le trolleybus fantastique qui transportait un orchestre de musiciens travestis en animaux. Et les propres mots d'Helena me revinrent : « Quelle drôle de nuit. » Décidément, il n'y avait rien à comprendre. Ni cette nuit-là, ni une autre. Jamais. Cette réflexion que je me fis, je n'en mesurais pas alors toute la sagesse. Si je m'en étais pénétré, j'aurais accueilli d'un meilleur cœur les événements qui survinrent par la suite. Car la plus grande part de notre souffrance ici-bas ne consiste qu'en ceci : vouloir comprendre. Quelle sottise ! Autant vouloir éclairer avec une lampe de poche cette nuit immense qui accouche de nos actes, aussi ténébreuse que le mystère qui préside à notre existence même.

14

Raconte-t-on le bonheur ? Non. Il consume tout des instants. Il ne laisse qu'une impression intense et vague. Ces jours que je passai avec Helena demeurent parmi les plus enchanteurs de ma vie. Le bonheur résidait dans la parfaite coïncidence entre ce que j'avais espéré et ce qu'il advenait. Comme si le comportement d'Helena, dans ses plus subtiles nuances, était mystérieusement dicté par un souffleur soucieux de m'être agréable, qui n'était autre que moi. Et, si je parle d'enchantement, c'est que seul ce terme peut désigner l'ensemble des forces positives, d'une origine presque surnaturelle, qui concouraient à ce que tout entre elle et moi se conjugue dans la plus douce harmonie.

Je la rejoignis dans le petit appartement qu'on lui avait prêté rue Valadon. Qui le lui avait prêté ? Elle me le dit sur un ton de franchise aussi limpide que ses yeux bleus sans pour autant effacer une impression de mystère. Mais, sans ce mystère, elle n'eût pas été elle-même. La rue était silencieuse, discrète, avec un cachet provincial que lui donnaient des immeubles bas qui, tous, dataient du XIXe siècle. Une atmosphère qui aurait plu à Eugène Fromentin. Un escalier abrupt aux marches cirées grimpait jusqu'au troisième palier ; au deuxième étage, on traversait selon les jours une rassurante odeur de madeleines sortant du four ou de crêpes au beurre confectionnées par une mère de famille cordon-bleu. L'appartement se composait d'une chambre et d'un salon où, dans une coquette et vaillante petite cheminée au manteau en marbre noir, brûlait en permanence un feu. Helena avait froid. Elle s'emmitouflait dans des couvertures, enfilait chandail sur chandail, se collait au radiateur. C'était d'ailleurs sa première phrase à son arrivée à Roissy : « Qu'il fait froid ici. » Et comme je m'étonnais de cette réflexion de la part d'une Nordique, elle me dit : « En Finlande, il fait un froid sec. Ici, vous vivez dans l'humidité. »

Entre nous reprirent des relations aussi étroites et aussi ferventes que si nous ne nous étions jamais quittés ; comme s'il n'y avait pas eu ces mois de rupture, de silence, hérissés d'indifférence. Au contraire, cette souffrance donnait une saveur particulière à nos retrouvailles. Une petite mélodie triste à l'unisson du concerto pour mandolines de Vivaldi qui approfondissait chez moi le sentiment d'avoir reçu un don du Ciel pour me dédommager des peines que j'avais endurées.

Nous repartions comme au lendemain de la nuit à l'hôtel Nelson.

Helena, dans l'amour, prodiguait toujours autant de fougue. Elle semblait éprise de moi et, devant de si ostensibles manifestations de tendresse, il m'aurait paru désobligeant de ne pas la croire. La nuit (de vraies nuits, cette fois, pas de ces simulacres d'une clarté crépusculaire propre au septentrion), nous quittions sa chambre et nous nous étendions nus sur le canapé défoncé, face au feu qui rougeoyait dans l'âtre. Je voyais les flammes danser sur son corps. Le feu crépitait dans le silence. Elle s'enroulait dans une couverture en mohair et m'attirait vers elle d'un mouvement impérieux, comme si elle voulait abolir toute distance entre elle et moi. Une odeur piquante de résine et de cendres se diffusait dans la pièce. Nous nous taisions comme si nous mesurions avec effroi la profondeur de l'abîme qui nous avait éloignés l'un de l'autre et aurait pu nous séparer à jamais. Nos étreintes étaient toujours aussi folles et passionnées que celle de la chambre de l'hôtel Nelson. N'y manquait pas le terrible petit porte-jarretelles rouge. Sauf que, selon son humeur et les arcanes fantasques de son caprice, il pouvait être rose ou noir.

15

Helena se montrait une étudiante sérieuse et appliquée. Ses recherches pour sa thèse mobilisaient tout son temps. Habillée avec soin, parfumée de vétiver, emmitouflée dans un manteau en peau d'agneau retournée avec, sur le visage, un air de conquête, elle partait tôt le matin pour la Bibliothèque nationale quand elle n'allait pas à la Mazarine ou à l'Arsenal. Elle en revenait tard, avant le dîner, excitée et frigorifiée, chargée de livres et de cahiers couverts de sa petite écriture en pattes de mouche. Elle était heureuse d'être à Paris, de déambuler boulevard Saint-Germain, de musarder rue des Canettes après avoir usé ses yeux sur de vieux ouvrages sous la lumière verte des bibliothèques.

Elle débarquait chez moi, rue du Regard, toute bruissante d'émotion, d'éblouissement pour cette ville dont elle n'avait qu'une connaissance littéraire. Elle aimait retrouver les lieux cités dans les livres des écrivains qu'elle aimait. Elle suivait l'itinéraire d'Hemingway qui allait de la rue Notre-Dame-des-Champs jusqu'à la brasserie Lipp en passant par le canyon de la rue Férou. Elle me disait : « Je suis gourmande de Paris comme d'un gâteau. » Elle voulait tout savoir, tout comprendre. Elle me pressait de questions : qui était ce saint Germain qui avait donné son nom à un boulevard, et ce Raspail, et Léopold Robert dont la rue était si triste ? Et pourquoi la rue Gît-le-Cœur s'appelait-elle ainsi ? Et la rue du Petit-Musc, et la rue du Coq-Héron ?

Je consultais avec elle le dictionnaire historique d'Hillairet. Je lui appris ainsi qu'il existait une rue Fromentin à Pigalle. Elle trépigna de joie et s'y rendit le lendemain. Elle en revint déçue. Elle soupira : « C'est moche ! »

Elle notait toutes ses questions sur un petit carnet. Après les noms de rues, c'était les mots bizarres, un peu barbares, de la lexicographie dont elle voulait connaître le sens : « Qu'est-ce qu'un palindrome ? N'est-ce pas une tumeur intime chez la femme ? » « Et un apophtegme ? Un gros abcès enflammé ? » « Une synecdoque ? N'est-ce pas une maladie vénérienne ? » « Un pléonasme ? Cela n'a-t-il pas quelque chose à voir avec la jouissance de la femme ? » « Et une anacoluthe ? Ne serait-ce pas une chose un peu osée qu'on fait avec la bouche ? »

16

Une fin d'après-midi, elle débarqua chez moi. Nous prenions le thé. Toujours frigorifiée, elle m'emprunta un chandail en cachemire que je regardais avec un brin de mélancolie, conscient que celui-ci, après quelques autres avant lui, avait cessé d'être ma propriété. Nous parlions de l'avancement de son travail. Je lui demandai des nouvelles du chef du département français, son directeur de thèse.

— Il a démissionné, dit-elle distraitement, comme si cela n'avait pas beaucoup d'importance, tout en transportant dans le salon un yaourt et un pot de confiture de myrtilles.

Elle ajouta, en léchant la confiture sur ses doigts qu'elle essuya furtivement sur mon canapé en velours vert :

— Il a été nommé conseiller culturel ici, à l'ambassade. Il a suivi une ancienne étudiante. Elle est en poste à l'Unesco.

— Et sa femme ? demandai-je.

— Elle l'a quitté pour un sculpteur.

— Un sculpteur !

— Oui, Molnar.

— Tu connais Molnar ?

— Mais, voyons, tout le monde le connaît en Finlande. C'est aussi absurde que si je vous demandais si vous connaissez Picasso.

Helena semblait réfléchir. Puis, reprenant une cuillerée de confiture de myrtilles remplie à ras bord que je voyais dangereusement prête à choir sur ma moquette, elle murmura : « Il y a des hommes dont c'est le destin d'être quittés. »

— Oh, pardon pour la moquette, dit-elle.

17

Je la tutoyais, elle me vouvoyait. Cette habitude prise dès les premiers temps de nos retrouvailles, il était difficile de la rompre. Nous nous en accommodions. Parfois, elle essayait de me dire tu. Mais elle se reprenait vite : « J'ai l'impression que c'est indécent, que vous êtes nu. Le vous est plus habillé. » Je souriais. Elle ajoutait :

« N’oubliez pas : la différence d’âge ! » Mon sourire se figeait.

18

Un soir, alors que nous avions dîné dans un restaurant italien de Montparnasse et que nous descendions la rue Notre-Dame-des-Champs balayée par une bise glaciale, je lui demandai :

— Pourquoi, parmi tant d’écrivains, t’es-tu intéressée particulièrement à Fromentin ?

— Devinez !

— Parce qu’il était aussi peintre ?

Elle hocha la tête en signe de dénégation.

— Parce que c’était un grand amoureux voué à un amour impossible ?

Elle sourit.

— Vous n’y êtes pas du tout... C’est parce qu’il était franc-maçon.

19

Une menace planait. Je craignais, en l’évoquant, de réveiller une ombre. Était-elle vraiment libre ? N’y avait-il pas un homme dans sa vie en Finlande ? L’avait-elle définitivement quitté ? Quel que fût son statut, cet homme pourtant existait. Helena restait secrète. Elle opposait le silence à toutes mes tentatives détournées pour en savoir plus sur sa vie passée. Son mutisme augmentait mon angoisse. Cet homme, dont elle ne voulait pas parler, je ne pouvais m'empêcher de le croire plus dangereux et plus maléfique qu'il n'était peut-être en réalité. Et quels liens gardaient-ils ? Qui me disait qu'il n'allait pas tomber du ciel un jour et obscurcir notre bonheur ?

Je me torturais à l'imaginer. Je me perdais en conjectures sur la nature de leur intimité secrète. Étaient-ils unis par l'habitude ou par quelque autre lien plus pervers ?

Un jour, chez elle, je tentai de la brusquer.

— Pourquoi ne veux-tu pas me parler de ta vie passée ?

— Quelle importance ! Il n'y a que le présent qui compte.

— Tu avais bien un amoureux à Helsinki ? Un fiancé ?

Elle haussa les épaules, prit un air boudeur et se mit à tripoter nerveusement sa petite croix en or.

— C'est normal que je te pose cette question. À moins que tu n'aies quelque chose à cacher.

Elle me fixa de ses yeux bleus, soudain décidée à m'affronter. D'un air agacé, elle me demanda :

— Que voulez-vous savoir ? S'il y avait un homme ? Bien sûr qu'il y en avait un. Il y a toujours un homme dans la vie d'une femme.

— Et vous vous entendiez bien ? demandai-je avec une douceur franciscaine en redoutant sa réponse.

— Ça dépendait des jours.
— Pourquoi alors l'as-tu quitté ?
— Il ne savait pas ce qu'il voulait, dit-elle avec un soupir, d'un ton qui signifiait que l'interrogatoire était terminé.

20

Il y avait en elle une petite fille. Elle aimait que je lui raconte des histoires. Elle écoutait d'un air émerveillé mes anecdotes tirées de la vie des écrivains et des peintres. De leurs amours surtout, puisqu'on ne s'en lasse jamais. De la passion de Musset et George Sand, elle aimait le récit que fait le jeune Charles Maurras de sa visite au vieux docteur Pagello, réfugié à Trieste, nimbé de sa légende de séducteur. « Vous m'êtes sympathique, jeune homme, lui avait dit le docteur Pagello en lui tapotant le bras. Je vais vous donner un souvenir, un souvenir très précieux. » Il s'était levé et avait extrait d'un tiroir une tasse en porcelaine, la fameuse petite tasse qui avait apporté à Musset la preuve que George le trompait. Le jeune Maurras avait emporté la précieuse relique avec émotion. Il l'avait conservée religieusement jusqu'au jour où un de ses amis, revenant de Trieste, après le même pèlerinage, lui avait montré la même tasse que lui avait donnée Pagello. Il en avait toute une collection qu'il distribuait à chaque nouveau visiteur.

Helena tira une curieuse morale de cette histoire.

— Quelle idée de boire dans la même tasse ! Moi, je suis plus maligne. Je ne me suis jamais fait prendre.

21

— Vous avez beaucoup d'imagination. Pourquoi en avez-vous si peu en amour ?

Cette question, posée à brûle-pourpoint, pinça d'autant plus mon orgueil que j'étais allongé avec Helena sur son canapé, en face du feu qui crépitait, après avoir cru donner dans l'étreinte le meilleur de moi-même.

Je fis celui qui ne comprenait pas. Elle insista.

— Vous n'avez pas beaucoup de folie.

Piqué au vif, je m'efforçai de prendre les choses sur le ton de la plaisanterie.

— Tu ne voudrais tout de même pas que je t'attache, que je te frappe ?

Elle se leva pour remettre une bûche dans la cheminée.

— Ce serait délicieux, dit-elle en poussant un grand soupir et en mettant ses bras autour de mon cou dans une attitude particulièrement câline.

Pensive, elle ajouta :

— Au fond, je me demande si j'aimerais tant que ça être frappée par vous. Ce n'est pas votre genre. J'aurais l'impression que vous vous forcez.

22

La rue de la Gaîté porte mal son nom. Elle était particulièrement sinistre ce jour-là. Des passants pressés au visage préoccupé en croisaient d'autres qui marchaient de biais, le regard fuyant, l'air incertain, honteux d'être vus dans cette rue chaude de Montparnasse. Ils filaient comme des ombres, happés par divers magasins que leurs stores tirés rendaient mystérieux. Seuls des slogans aguicheurs vantaient les mérites de films pornographiques aux titres pleins de promesses. Indécis dans cette morne vallée de la tentation, j'hésitais à en franchir le seuil. Était-ce le poids de l'illicite qui pesait sur mes épaules ? Ou plutôt le sentiment morose de ne pas être motivé pour la mission dont je m'étais témérairement chargé. On se monte vite la tête en matière de fantasmes.

J'entrai. La vaste salle était éclairée comme un Prisunic et tout aussi bien achalandée ; la marchandise parfaitement rangée, étiquetée. Aucun fouillis, aucun laisser-aller ne troublait l'ordre impeccable des rayonnages. Rien dans ce décor aseptisé qui pût suggérer le vague, le trouble, le glauque et encore moins l'érotique. Une épicerie fine de la place de la Madeleine ou le présentoir des chemises d'Old England, ou encore un bac de plats surgelés chez Picard, n'eussent pas provoqué d'émotions moins lascives que cette caverne d'Ali Baba des accessoires du plaisir.

Je parcourus les rayons en m'arrêtant devant chaque présentoir avec l'allure dégagée de l'homme qui sait ce qu'il cherche. En réalité, nul n'était plus perdu. Comment se décider — à moins d'être un habitué ou alors un individu parfaitement maître de ses fantasmes — entre ces monceaux d'ustensiles du plaisir : phallus en plastique, en latex, de couleurs rose, verte, noire ; condoms bariolés, parfumés à la fraise, à la vanille ; délicats petits vibromasseurs caparaçonnés d'or ou d'argent, ce qui les faisait ressembler à des voitures en modèle réduit ; martinets, fouets, appareils de strangulation ; menottes en acier chromé ou en peluche pour les poignets délicats ; affriolants dessous pour dames ; sataniques slips en cuir pour hommes, tout ici témoignait d'une riche imagination érotique. Et, pourtant, rien n'était plus plat, plus glacé, plus dépourvu de feu. Dans cette trop grande et trop évidente clarté, la lumière du plaisir était éteinte. Et c'était à désespérer qu'elle se rallume jamais.

J'avais éprouvé une impression similaire au département des antiques du musée d'Athènes devant les statues ithyphalliques : des éphèbes aussi froids que leur marbre y dressaient leur gigantesque phallus vers le vide muséal ; ou devant les bas-reliefs tantriques de certains temples népalais. Mais là, nulle suggestion religieuse ou artistique. Une froideur clinique enfermait ces objets dans leur stricte utilité d'ustensiles. La matière plastique qui les enveloppait ajoutait à leur caractère étroitement pratique. Loin d'allumer l'imagination, ils la refroidissaient.

J'avais eu la sensation d'être seul dans le magasin, sous la surveillance ombrageuse de ma conscience. Peu à peu, je m'aperçus de la présence de trois individus qui s'affairaient devant les étalages, sous l'œil flegmatique et charbonneux de deux vendeurs sri lankais aussi imperturbables, derrière leur tiroir-caisse, que s'ils eussent vendu des boutons de porte ou des images pieuses. Ils semblaient las. Leurs prunelles oisives, lourdes d'ennui, paraissaient témoigner de l'extraordinaire banalité du vice pour ceux qui en font commerce. Ces objets, porteurs de tant de fantasmes, les laissaient indifférents. Ils attendaient avec résignation la fermeture de leur magasin pour aller jouer aux cartes, au mah-jong ou se livrer avec frénésie à ces jeux de hasard si prisés dans leur pays, seuls capables de susciter en eux des ivresses. Ils s'imaginaient peut-être en rêve sous les palétuviers de leur terre natale, détenteurs de ces liasses crasseuses de roupies dont le confortable matelas rembourrerait leur poche revolver.

Je soupesai chaque article, moins incertain sur leur destination que sur l'usage que je pourrais en faire moi-même. Je n'eus aucun mal à éviter le regard des vendeurs sri lankais : ils fixaient un point mystérieux à l'horizon de leur boutique et feignaient de ne pas apercevoir les obscures hésitations de leur clientèle. Le monde de la perversité a aussi ses délicatesses.

Pourtant, rarement comme dans cette boutique, des conseils eussent été les bienvenus. De toute évidence, ce n'était pas le genre de la maison. Il fallait laisser à chacun le soin d'être le guide de ses fantasmes. Au petit bonheur la chance, je commençai à remplir un grand sac en plastique d'objets divers dont la nécessité m'apparaîtrait sans doute dans un contexte plus approprié.

J'aperçus un homme affairé au rayon des phallus : son manège autant que sa personne attirèrent mon attention. Il mesurait avec application entre le pouce et l'index la taille des objets oblongs enfermés dans leur cercueil transparent en celluloïd. Il les rejetait un à un d'un air désabusé, aucun ne semblant correspondre à l'emploi qu'il comptait en faire. Cet homme me rappelait quelqu'un. Je craignis d'avoir affaire à ce que Freud appelle le syndrome des faux souvenirs. Son allure et ses traits m'étaient familiers. Il ressemblait à la caricature de quelqu'un, mais de qui ? Intrigué, je pris prétexte de fouiller dans le rayon des petites culottes pour femmes, ornées d'incrustations obscènes, pour me rapprocher de lui. Tandis que je faisais semblant d'examiner un de ces sous-vêtements — une minuscule culotte où une mâchoire béante, avec des dents de requin, était brodée à l'endroit stratégique —, je jetai un regard de biais. À sa pomme d'Adam qui montait et descendait régulièrement dans son cou, je reconnus avec stupeur le ci-devant chef du département français, aujourd'hui conseiller culturel à l'ambassade. N'était cette particularité physique, je ne l'aurais pas identifié. Il portait des cheveux longs — beaucoup trop longs — et sa mise était négligée. Ni cravate ni cette austère livrée des caciques universitaires : il semblait faire effort pour avoir une tenue vestimentaire à la mode, dans le coup. Mais il n'obtenait qu'un effet de débraillé qui ne correspondait absolument pas au souvenir que je gardais de sa rigueur professorale.

J'opérai aussitôt un mouvement de recul. Je n'avais aucune envie de lier conversation dans un moment aussi peu opportun : qu'aurions-nous pu nous dire ? L'occasion était peu appropriée pour entamer une discussion sur le structuralisme. Je me rendis rapidement à la caisse où un Sri Lankais au regard toujours aussi impassible fit tinter son tiroir-caisse. Même le montant de mon chèque ne réussit pas à allumer dans sa prunelle la plus petite lueur d'intérêt. Je payai. Je me retrouvai dans la rue, délivré d'un énorme poids de mauvaise conscience. Tout ce poids s'était déporté vers mon sac en plastique qui pesait une tonne. Il avait beau être hermétiquement fermé, les regards des badauds semblaient attirés irrésistiblement vers lui comme si personne n'était dupe de son contenu obscène.

23

J'emportai ce paquet compromettant à mon bureau. J'espérais que ma secrétaire, si rarement là quand j'avais besoin d'elle, aurait eu la délicatesse d'être malade en ce jour où je souhaitais ardemment être seul. Je brûlais d'examiner de plus près les emplettes faites à la hâte et, je le craignais, sans grand discernement. Ma secrétaire était à son poste, inconsciente du désagrément que sa présence me causait. Elle m'accueillit avec excitation.

— Heureusement que vous êtes venu. Mme Delachenal vous cherche. C'est urgent. Elle vous attend au Quai (c'est ainsi que nous désignions familièrement entre nous le QG de la Catherine II de l'agroalimentaire).

Et elle ajouta avec un clin d'œil complice d'opprimée à opprimé :

— Elle n'a pas l'air de bonne humeur, la vieille toupie.

Je lui jetai un regard désapprobateur pour lui signifier que, quelque différend que j'eusse avec la patronne, il ne fallait pas badiner avec le sacro-saint pouvoir hiérarchique. Sinon, où irions-nous ? J'étais en proie à un trop grand désordre pour y ajouter en plus de la tension sociale.

Mon problème, ma secrétaire, en dépit de sa psychologie hautement aiguisée s'agissant de moi, ne pouvait en avoir la plus petite idée. Il se résumait à ceci : qu'allais-je faire du sac que j'avais placé d'un air négligent sous mon bureau ? Je ne pouvais ni le laisser à sa place où ma secrétaire pouvait avoir la curiosité d'y fourrer son nez — pensant qu'il s'agissait de nouveaux vêtements —, ni l'emporter avec moi chez la Catherine II de l'agroalimentaire. Je me mis en quête d'une cachette qui m'eût permis de soustraire ce paquet aux manigances indiscrètes de la secrétaire. Je cherchai en vain. Le bureau plein de recoins et d'ombres ne possédait aucune cache secrète. Les seuls endroits discrets, où nous entreposions les bouteilles de champagne et les livres précieux qu'on nous confiait, étaient parfaitement connus de ma collaboratrice.

Je me vis contraint d'emporter le paquet compromettant à mon rendez-vous. J'arrivai quai Voltaire. L'ascenseur vieillot tout en bois doré ressemblait à un de ces vieux laquais d'autrefois, stylé, courbé par les rhumatismes. Il avait des quintes de toux : il tremblait et crachotait tout en me hissant péniblement au deuxième étage. Une femme de chambre sri lankaise vint m'ouvrir. Décidément ! Peut-être était-ce une cousine ou une nièce des deux zigotos de la rue de la Gaîté. Je lui confiai avec moult recommandations le paquet et mon imperméable. Elle me promit d'en prendre soin tout en me roucoulant des paroles obséquieuses. Elle m'introduisit dans le bureau de Mme Delachenal. Celle-ci, assise derrière son imposant bureau Empire, avec ses lunettes cerclées d'or attachées à son cou par une chaîne en argent, ressemblait particulièrement ce jour-là à un hibou. Un hibou perché sur un arbre de Noël : car elle scintillait de bijoux. À ses mains brillaient des pierres hors de prix : un diamant à son index qui n'était pas gros comme le Ritz mais qui, au bas mot, devait bien valoir le prix d'une station-service ; à sa main gauche, une chevalière en saphirs qu'elle n'aurait pas eu de mal à troquer contre un Prisunic de bon rapport ; enfin, devant coûter la peau du dos, un collier de perles dont l'eau pure faisait contraste avec son cou parcheminé et tavelé. Elle était plongée avec ardeur dans la lecture d'un article de *Point de Vue*. Je la soupçonnais de s'intéresser beaucoup plus aux altesses et aux princesses qu'à ces vulgaires roturiers qui n'avaient d'autre mérite que de peupler de chefs-d'œuvre les différents musées du monde.

— Ah, vous voilà, me dit-elle d'un ton de reproche. Je vous ai cherché. Mais vous n'étiez pas au bureau. Vous aviez sans doute de bonnes raisons, insista-t-elle d'un air suspicieux dans le but de me déstabiliser. Une exposition sans doute ?

J'acquiesçai d'un air pénétré. Elle n'insista pas. Elle craignait par-dessus tout d'être entraînée dans les sables mouvants d'une discussion culturelle.

— Je voudrais reprendre la petite conversation que nous avons eue il y a un mois. Vous connaissez les chiffres ?

Elle me tendit une feuille sur laquelle s'inscrivaient deux graphiques déprimants. L'un montrait la courbe des ventes de la revue en pente décroissante ; l'autre, les comptes d'exploitation qui étaient dans le rouge.

— Devant de tels chiffres, on est obligé de se poser des questions, dit-elle en se levant légèrement pour tirer sa robe en soie qui collait à la peau de son imposant fessier.

J'avais maintenant une grande habitude des méthodes employées par Mme Delachenal. Elle se fichait de perdre de l'argent mais arguait toujours de son déficit pour me contraindre à entrer dans ses vues.

— J'ai réfléchi, dit-elle d'un ton pénétré. Il nous faut du neuf, du moderne.

Je ne demandais qu'à être d'accord avec Mme Delachenal. Elle était trop riche pour avoir vraiment tort. Mais, ce jour-là, en moi, le salarié enchaîné regimbait devant son esclavage. Rapidement, je pris feu : l'idée que l'argent pouvait à ce point prévaloir sur les valeurs de culture me révoltait. C'était pourtant une vieille chanson. Mais mon humeur était susceptible et batailleuse. Aussi, n'est-ce que par pur esprit de contradiction que je lui fis valoir mes objections quand elle me renouvela sa proposition pas vraiment neuve, pas vraiment non plus très originale :

— Molnar. Voilà du neuf. Le Centre Pompidou va lui consacrer une exposition dans deux mois.

Elle s'énerva de me voir si peu docile. Je m'énervai à mon tour devant ses arguments indigents, car la pauvre s'était dangereusement égarée dans des considérations artistiques qui mettaient à nu sa vaste ignorance, pire, son inaptitude congénitale à traiter une œuvre d'art autrement que les boîtes de cassoulet en conserve qui avaient fait sa fortune. Nous nous séparâmes froidement comme deux duellistes, impuissants à se vaincre, qui savent qu'aucune réconciliation n'est possible, mais sont pourtant condamnés à vivre ensemble. Elle n'aurait pas le cœur de changer de directeur pour sa revue, car cela l'exposerait à l'humiliation de laisser voir son inculture à un nouveau venu. Quant à moi, j'étais lâche et je me connaissais maintenant assez pour savoir qu'un nouveau propriétaire, même plus ou moins frotté de culture, ne changerait rien à ce sentiment d'oppression que j'éprouvais devant la fatuité patronale.

Je quittai l'appartement en ébullition. J'étais en retard. Je devais repasser par mon bureau avant de retrouver Helena qui voulait aller au cinéma. Et ses caprices n'étaient pas sujets à contestation. J'avais oublié d'acheter le programme, ce qui allait la mettre de méchante humeur. Tandis que je remontais la rue des Saints-Pères en quête d'un marchand de journaux ouvert, une main glacée me serra la nuque : mon paquet, je l'avais oublié quai Voltaire. Freud y aurait vu un acte manqué. J'imaginai aussitôt le pire : Mme Delachenal, le nez chaussé de ses lunettes cerclées d'or, inspectant le contenu du sac, soupesant les phallus d'un air intéressé sous le regard inquiet de la gouvernante sri lankaise. Après tout, Mme Delachenal, à ce que je connaissais d'elle, était bien capable d'avoir rôti le balai, mais je l'aurais plutôt volontiers soupçonnée d'être propriétaire d'un de ces juteux magasins d'accessoires en latex. Après tout, quelle différence ? On peut bien faire le commerce des phallus en caoutchouc mousse quand on fait sans scrupule celui des objets d'art.

J'arrivai essoufflé quai Voltaire. J'eus beau sonner, l'interphone appelait dans le vide. J'étais dans les affres. Mes craintes se vérifiaient. Enfin, la femme de chambre ouvrit la porte. Délaissant l'ascenseur asthmatique, je montai l'escalier quatre à quatre.

— Voilà votre sac, me dit la gouvernante sri lankaise en roucoulant comme une tourterelle. J'allais l'apporter à Madame.

J'emportai le précieux paquet. Dans l'autobus, je le serrais contre moi avec le bizarre sentiment que les passagers me dévisageaient d'un drôle d'air, comme un dangereux pervers en liberté.

24

J'arrivai chez Helena fier de mon butin. J'espérais l'éblouir par le caractère fantasque de mes acquisitions. Du moins la surprendre. Son tempérament si inflammable allait-il prendre feu à la perspective de ce nouveau jeu ? Oui, je rêvais de gagner des points dans ce mystérieux concours qui se déroule au sein de chaque couple pour accroître son ascendant sur l'autre. J'avais conscience que, dans les ébats amoureux, le rapport des forces n'était pas à mon avantage. En classe — finalement, on n'en sort jamais, même dans les performances réservées aux adultes —, l'examinateur m'aurait mis la moyenne avec la mention « passable » ou « peut mieux faire » qui a l'avantage d'éviter le découragement.

J'éteignis les lumières. J'allumai des bougies.

Bref, je créai un climat propice aux sortilèges de la volupté. Puis, un à un, j'ouvris les paquets qui apparurent comme autant de cadeaux de Noël au pied de la cheminée. Même dans une pénombre complice, ces objets semblaient aussi crus, obscènes, vulgaires dans leur gangue de matière plastique que dans la clarté clinique que diffusait le magasin de la rue de la Gaîté.

Helena me jaugeait d'un air hautain, comme une princesse indifférente. Elle attendait d'un air fataliste le dénouement de mes manigances. Son manque d'enthousiasme à entrer dans mes vues me glaçait de plus en plus. Je ne discernais pas le plus petit signe d'acquiescement à mes fantasmes. Finalement, elle jeta un regard circulaire sur tous les objets déballés qui, faute de désir, n'exprimaient qu'une pauvre suggestion érotique, misérable pétard mouillé de la luxure.

— Vous êtes vraiment un enfant, dit-elle d'un ton glacé, à la lisière de la réprimande. Vous allez me faire le plaisir de jeter tout cela.

Puis, prenant un air de grande dame offensée, comme si je n'étais pas assez humilié, elle enfonça encore un coin dans ma honte :

— Et pas dans ma poubelle, s'il vous plaît. Je ne veux pas que la concierge me prenne pour une pute.

25

Une revenante fit son apparition : Birgitt Bollstrom-Borjom. Elle m'appela avec ce ton exalté qui faisait vibrer le combiné du téléphone. Elle me proposait de venir dîner chez elle. Un grand dîner — grand, bien sûr ; son moi affamé d'hommages ne se satisfaisait guère du petit comité — chez elle, dans son appartement de l'avenue Montaigne où elle ne faisait que de courts mais intenses, mondainement parlant, séjours.

— C'est une soirée autour de Molnar...

Elle laissa un bref silence succéder à ce patronyme fameux pour offrir une place à je ne sais quels applaudissements ou exclamation admirative.

Birgitt eut la délicatesse — pour autant que ce mot peut faire partie de la panoplie de ses qualités —, disons alors la rouerie, ce qui serait plus juste, de ne pas évoquer le numéro de la revue possiblement consacré à Molnar. Elle était assez maligne pour ne pas m'aborder de front, me sachant susceptible sur le point de mes prérogatives mais faible au fond. Je m'insurgeai d'abord, je cédai ensuite. Comme ces femmes qu'on dit farouches. Elle allait revenir à la charge, je le savais, mais d'une façon enveloppante et insinueuse, à la manière de ces assauts de guérilla d'autant plus meurtriers qu'ils éclatent toujours à l'endroit où on ne les attend pas. Son jeu m'amusait car, dans mon for intérieur, n'aimant pas les combats voués à l'échec, j'étais résolu depuis longtemps à rendre les armes. Mais non sans avoir résisté. On a son honneur. Molnar aurait son numéro spécial. Et puis qu'il crève, lui et toutes les insupportables mondaines attachées à ses basques ou plutôt à ses trépidantes roubignoles.

La seule question que je me posais était celle-ci : devais-je ou non emmener Helena avec moi à ce dîner ? Comme Finlandaise en terre étrangère, jolie fille de surcroît, elle y était évidemment la bienvenue. Mon débat intérieur roulait entre l'intérêt d'Helena et le mien propre : lui faire rencontrer des membres influents de la communauté finlandaise lui serait utile. Elle pouvait y nouer des relations qui lui serviraient. Et puis les jeunes filles, éternel tropisme, aiment les fêtes, les occasions de mettre leurs belles robes, de plaire — qui sait ? —, de danser, de recevoir cette pluie d'hommages dont leur amour-propre est si friand. Mais, justement, c'était là que le bât blessait : avais-je réellement le désir de soumettre cette fille ravissante à toutes les convoitises ? Avais-je suffisamment confiance en elle pour l'exposer à des tentations ? Enfin, n'était-ce pas tenter le diable que de la présenter à Molnar dont la réputation de Lovelace n'était plus à faire ? Entre son intérêt et le mien, je décidai vite : c'était non ! Je n'avais aucune envie de risquer ma peau, ma tranquillité d'esprit pour satisfaire chez elle un penchant frivole. Néanmoins, ce parti pris fut confronté, comme chez tous les judéo-chrétiens de mon espèce, à des scrupules. Ma conscience n'était pas en paix. Un bon Samaritain se réveillait en moi et sermonnait mon égoïsme. Je ne pouvais quand même pas la cloîtrer, l'enfermer derrière les grilles d'un moucharabieh pour la protéger des prédateurs avides de lui voler sa jeunesse.

J'avais cependant un argument de poids pour la soustraire à cette fête : le milieu dans lequel évoluaient Birgitt et sa clique était pour le moins faisandé. Il n'y régnait pas précisément un ordre moral. Les mœurs y étaient singulièrement relâchées. Le trio que formait le couple avec Molnar faisait penser à un ménage à trois et avait en tout cas un lourd parfum de triolisme. Pourquoi le mari de Birgitt tolérait-il cette situation ? Quelle perversité dissimulait-il sous son air de milliardaire bon enfant ? Masochisme ? À moins que ce mariage avec Birgitt ne fût qu'une façade pour le laisser libre de s'adonner à des mœurs illicites : jeunes garçons ou quelques cochonneries de ce genre. Quant à Birgitt, ses liens avec Molnar exsudaient la sensualité la plus débridée. Se contentait-elle d'éponger le trop-plein de ses appétits ou bien, moderne Pompadour, n'était-elle pas chargée de fournir à ce Minotaure quelque chair fraîche ? Tout cela naturellement avec le bel alibi de l'art. Je t'en foutrai, de l'art ! Il n'y avait vraiment que cette gourde de Mme Delachenal pour croire que la partouze est un élément constitutif du génie.

Ce milieu n'était décidément pas fréquentable pour une jeune fille. Donc la réponse était non. Trois fois non !

La morale est un rassurant matelas pour la

bonne conscience. Je m'étais moi-même convaincu d'avoir pris cette sage décision pour le bien d'Helena et non pour éloigner de moi les affres de la jalousie. Mais ce pharisaïsme confortable ne me satisfaisait pas tout à fait. C'était moins un vestige irréductible de bonté d'âme qui me taraudait que mon désir d'éblouir Helena en lui présentant de ces gens très riches dont la fréquentation a toujours, on ne sait pourquoi, quelque chose de flatteur. J'avais beau mépriser la clique de Birgitt, elle m'impressionnait. C'est par ce processus que le snobisme asservit les plus belles et les plus austères intelligences. L'argent, privilège de tant d'imbéciles, ne donne pas seulement droit à d'honorifiques places à table, il corrompt le jugement en plaçant au même niveau les grands artistes et les mercantis qui se pavanent en acquérant leurs œuvres.

Toujours est-il que, deux jours avant la fête, mes résolutions n'étaient plus aussi fermes.

J'entrepris de mettre Helena à la question. Sachant que c'est par la douceur et non par la violence que les meilleurs inquisiteurs parvenaient à soutirer des aveux aux hérétiques, je voulais savoir ce qu'elle pensait de Molnar. Ignorant tout de la soirée, elle ne savait pas quel était l'enjeu de mon interrogatoire entamé sur un ton badin.

— C'est un génie, dis-je. Il paraît qu'il est très séduisant.

— Séduisant, Molnar ! s'esclaffa Helena. C'est un vieux satyre.

— Pourtant, il plaît aux femmes !

— Oh, moi, il faudrait me payer cher…

Et, comme je vantais encore hypocritement les qualités de Molnar, elle laissa tomber ce verdict qui me rassura :

— Il est vraiment trop vieux. Il pourrait être mon grand-père.

Comme cette antipathie physique me parut douce ! Elle était d'autant plus rédhibitoire qu'elle touchait à une considération intangible : le mur insurmontable de l'âge. Rassuré, je décidai d'emmener Helena au dîner de Birgitt. Et le peu d'entrain qu'elle manifesta quand je le lui proposai — « quelle barbe, tous ces vieux » — me parut un gage supplémentaire de quiétude.

26

Eh bien voilà : j'étais face à Molnar. Et cette rencontre peu historique concernant ma bien modeste personne agglutinait autour de nous une grande part des convives de la soirée, comme s'il se fût agi d'un moment important. Était-ce une mise en scène ou des échos avaient-ils circulé sur mes préventions vis-à-vis du maître ? Tout le monde frétillait de curiosité, certains espérant même peut-être que ça allait chauffer, qu'il y allait avoir une algarade, une colère homérique du tonitruant génie, bref une de ces ruptures dans les conventions mondaines qui donnent des ailes aux conversations. Ceux-là en furent pour leurs frais. Le sang ne coula pas. Il n'y eut même pas de ces échanges barbelés, de ces bons mots cruels auxquels se livrent les duellistes sur les moquettes en pure laine devant des plateaux de petits-fours.

Molnar n'était pas beau. Il était pire. Franchement laid quand on détaillait sa corpulence d'orang-outan, court sur pattes, râblé, légèrement bossu comme un lutteur prêt au combat. Son crâne chauve et rasé brillait comme un parquet ciré ; légèrement prognathes, ses mâchoires rappelaient des vestiges néandertaliens ; le nez court et camus semblait aplati par un combat de boxe avec l'Art. Quant à sa mise, il ne fallait pas parler d'habillement mais d'accoutrement : elle était à la fois vulgaire et provocatrice. Un large pantalon à grosses rayures rouges et bleues, une sorte de chasuble russe d'un rouge vif et, pour rendre le tout plus disparate encore, il était chaussé de grossiers brodequins en toile de la marque Pataugas. Voilà l'énergumène.

Bizarrement, tout ce qui aurait dû concourir à le rendre ridicule lui conférait une stature d'original, en cohérence avec sa personne profonde. Il était intense. Une intensité qui, dès qu'on le voyait, s'imposait à vous comme si elle émanait d'une force magnétique. Était-ce la puissance de son regard qui jaillissait pareil à un trait de laser de ses yeux gris, l'agilité de son gros corps, les expressions qui se peignaient sur son visage très mobile ? Il devenait, dès qu'il s'animait, étrangement beau et même gracieux. Et cette impression ne faisait que croître dès qu'il s'adressait à vous de sa voix fluette étrangement prenante. Il évitait toute la banalité des conversations convenues : il semblait engager sa vie dans chacun de ses mots. On décelait en lui une grande force virile mais aussi un pouvoir de séduction quasiment féminin. Il y avait de l'ours et de la gazelle dans cette créature à la fois bestiale et tendre. Devant lui, les adversaires les plus farouches rendaient instantanément les armes. Il les subjuguait.

Il faut dire qu'il s'exprimait de manière fantasque, drolatique, commettant d'énormes fautes de français dont il jouait pour accentuer ainsi le caractère cocasse de ses boutades anticonformistes. Doué d'un sixième sens devant son interlocuteur, en un clin d'œil, il en perçait les faiblesses, comprenait le mécanisme mental et déjouait les défenses.

À la manière dont il se jeta sur moi, m'étreignit de toutes ses forces pour me signifier que rien au monde ne lui importait plus que ce rendez-vous, j'éprouvai un sentiment de soumission physique. Et s'il ne m'embrassa pas à pleine bouche, à la russe, l'impression que je ressentis ne fut pas différente. J'étais sous son charme, enveloppé par sa sensualité priapique. Je ne rapporterai pas tous les compliments flatteurs d'une exagération homérique dont il assaisonna son étreinte. Au bout de deux minutes, j'étais devenu son frère, son ami le plus cher. Je laissai passer cette bourrasque complimenteuse avec un sentiment que je ne puis définir autrement que par un mot : ensorcelé. Je pensai immédiatement à

Raspoutine. Probablement, le pope thaumaturge de la cour de Russie devait exercer sur la famille du tsar ce même pouvoir de séduction et d'envoûtement qui abolit les frontières sociales.

Mais de toutes les chaleureuses manifestations de sympathie et même d'amour qu'il me manifesta, rien ne m'alla autant droit au cœur que l'insigne froideur qu'il manifesta à Helena. C'est à peine s'il lui tendit deux doigts d'une main distante sans la regarder. Comme si elle n'existait pas. Cette indifférence vis-à-vis d'une jeune fille qui — je le dis sans forfanterie — était de loin la plus belle de la soirée en même temps que la plus aguichante — je lui avais même sévèrement reproché son décolleté qui laissait entrevoir le bout rose de ses seins — me parut du meilleur augure pour l'avenir de notre relation. Les mâchoires d'angoisse jalouse qui m'étreignaient se relâchèrent instantanément, laissant la place à un délicieux sentiment de sécurité, gage d'une excellente soirée.

Je me dégageai de l'étreinte de Molnar qui me regarda m'éloigner à regret, avec des yeux langoureux d'amoureuse délaissée, pour saluer Birgitt et son mari ainsi que les autres invités. Toute la communauté finlandaise avait répondu à l'appel. Je serrai Mirja dans mes bras comme j'eusse embrassé l'instrument même du destin ; malgré mes effusions, elle garda ses distances. Quelle ne fut pas ma surprise de revoir le ci-devant chef du département français, aujourd'hui conseiller culturel à l'ambassade. Il avait endossé sa nouvelle tenue de soirée : c'est-à-dire que, pour faire jeune, il était encore plus débraillé que lorsque je l'avais croisé rue de la Gaîté. Il portait fièrement une barbe de huit jours. Le col de sa chemise blanche ouvert et largement échancré, une sorte de laisser-aller voulu faisaient qu'on hésitait en le voyant à prendre sa tenue pour une ostentation de dandysme ou pour celle d'un homme en voie de clochardisation. Pourquoi était-il là ? Pouvait-il ignorer que sa femme l'avait quitté pour Molnar ? Décidément, les mœurs relâchées de la Finlande me laissaient perplexe. Sa pomme d'Adam était toujours aussi coulissante, d'autant qu'elle n'avait plus à franchir le barrage d'un col boutonné. Il tenait sa compagne par la main, une rousse aux yeux verts et à la bouche peinte d'un rouge vif. Ce n'était pas une rousse incendiaire comme son épouse volage ; c'en était une version moins flamboyante ; ses cheveux auburn tirés en chignon lui donnaient une allure plus conventionnelle. Il ne lâchait sa main que pour la prendre amoureusement par la taille, autant de manifestations qui signifiaient qu'il en était l'heureux propriétaire. La jeune femme semblait un peu lasse de ses démonstrations d'attachement. Il se souvenait parfaitement de moi. Il reprit la conversation là où nous l'avions laissée au campus.

— J'ai revu mon ami, vous savez, le professeur au Collège de France dont nous cherchions le nom : c'est Grunbering, Charles Grunbering. Une sommité. La racine *grun* vient du sanskrit : c'est *gruva*, le petit caillou que l'on retrouve dans tous les patronymes en *gre*.

Et il se lança dans une digression sémantique qui m'enveloppa d'un insondable ennui, un ennui hypnotique qui contaminait aussi sa compagne dûment séquestrée entre ses bras. Je me dis qu'aucune femme normalement constituée ne pouvait décidément partager longtemps l'existence d'un tel raseur. Oui, comme disait Helena, il y a des hommes dont le destin est d'être quittés. Et pas seulement à cause de la proéminence de leur pomme d'Adam. D'avance, je pardonnai bien volontiers à la nouvelle rousse le désir qui, tôt ou tard, lui viendrait de prendre la poudre d'escampette.

Au fait, Helena ! Où était-elle ? Je la cherchai des yeux dans la foule des invités. Ne la voyant pas, je quittai précipitamment le pédant professeur tout à sa jactance sémantique et sa compagne dont les yeux exprimaient les symptômes d'un lourd ennui. Je la trouvai à l'écart, en tête-à-tête avec Molnar, assis tous les deux côte à côte dans un profond canapé. Molnar lui tenait la main avec ferveur tout en lui chuchotant à l'oreille des mots qui semblaient la ravir. Cette reconversion de Molnar en diseuse de bonne aventure m'exaspéra au plus haut point. Je m'installai tout contre Helena et, imitant l'ancien chef du département français, je lui pris la taille pour bien signifier mes droits de propriétaire. La séduction qu'exerçait Molnar sur moi se glaça net.

Helena semblait encore en extase sous le masque de mécontentement qu'avait provoqué mon irruption. Quant à Molnar, il ressemblait à un gros garçon pataud pris en faute, les doigts dans le pot de confiture. Il avait gardé la main d'Helena dans la sienne et la caressait d'un air négligent.

— Elle a une superbe ligne de chance, votre amie, dit-il pour m'amadouer.

Puis, comme s'il sentait que je n'étais pas vraiment d'humeur à écouter ses sornettes et que j'avais percé à jour ses manigances de satyre, il essaya de s'en tirer en jouant sur son âge :

— Votre amie me fait penser à ma petite-fille Ingrid. Car, vous savez, je suis grand-père.

Cette explication m'exaspéra d'autant plus que ce terme de grand-père était exactement l'expression qu'Helena avait employée pour dissiper ma jalousie vis-à-vis de lui. Il me semblait qu'il existait un pacte mystérieux entre eux qui préexistait à leur rencontre et les unissait contre moi, quelque effort que je fisse pour les séparer.

Molnar eut beau déployer tous ses charmes pour me dérider, je restai de glace. L'image du ravissement qui se peignait sur le visage d'Helena tandis qu'il lui triturait la main avait définitivement assombri mon humeur.

J'annonçai à Helena qu'il était l'heure de partir.

— Déjà, dit-elle en faisant la moue. Pour une fois que je m'amusais.

— J'ai un rendez-vous tôt demain matin, prétextai-je en mentant effrontément.

— Moi, j'ai envie de rester, dit-elle.

Je fixai Helena avec un regard pour la première fois plein de haine. Insouciante, elle ressemblait à une écolière capricieuse. Je savais pourquoi elle voulait rester : pour poursuivre son manège avec Molnar, pour qu'il puisse continuer à lui triturer la main. Il ne fallait pas compter sur ma complaisance.

D'un ton pète-sec, je lui intimai l'ordre de rentrer avec moi. L'air agacé, elle s'y résigna.

Pendant que je m'entretenais avec Birgitt et son mari qui tentaient de me retenir, Helena m'échappa. Quand je parvins à me soustraire à la pesante sollicitude de mes hôtes, j'aperçus avec fureur Helena et Molnar qui échangeaient leur numéro de téléphone. À mon approche, il entreprit de se justifier d'un air geignard.

— Un vieux grand-père comme moi doit aider une jeune compatriote.

Et il battit en retraite devant mon air menaçant qui refroidissait toute idée de badinage.

Je pris rudement Helena par le bras et je l'entraînai vers la porte.

Dans l'avenue Montaigne battue par la bourrasque, je lui fis une scène. J'exigeai qu'elle me montre le papier sur lequel Molnar avait inscrit son numéro de téléphone. Elle hésita puis me le tendit d'un air de défi, en disant :

— Vous voyez toujours le mal partout.

Je pris la feuille et la déchirai en mille morceaux qu'une rafale de vent dispersa comme une tombée de neige. Qu'importe si ce geste ne servait à rien, sinon à mesurer mon impuissance. Je me sentis apaisé.

Helena boudait.

— C'est bête d'être suspicieux. Vous allez finir par me donner des idées…

27

C'en était fini de la confiance, ce paradis terrestre de l'amour. Adieu la tranquillité d'esprit, le repos de l'âme, l'insouciance, la paix. Ce monde dans lequel je projetais mon bonheur devint soudain hostile. Il se hérissait de doutes, de pièges. Je me mis à épier Helena ; je surveillais les lettres qu'elle recevait. J'étais attentif au moindre manquement dans ses horaires, à ses retards suspects. Je mettais en doute ses fréquentations les plus anodines. Partout, je cherchais le mensonge. J'accordais une importance démesurée à la moindre de ses dissimulations. Je vérifiais l'exactitude de ses rendez-vous. Je me méfiais de tout et de tous. En apparence, rien dans ma vie n'avait changé. On ne pouvait y voir que les signes d'un bonheur tranquille. En réalité, cette vie était devenue un enfer. Même la nuit ne m'apportait plus de repos. Mes rêves étaient hantés par l'angoisse.

Je ne me faisais aucune illusion sur l'utilité d'avoir déchiré le numéro de téléphone de Molnar si loin que l'ait emporté la bourrasque de l'avenue Montaigne : celui-ci restait omniprésent. Sa menace me semblait palpable, aussi sensuelle que la fourbe et dégoûtante étreinte avec laquelle il m'avait accueilli à la funeste soirée de Birgitt. Je me remémorais la stratégie qu'il avait employée vis-à-vis d'Helena, feignant d'abord de n'attacher aucune importance à sa présence. En humiliant son amour-propre, il l'avait placée en condition de soumission. Quel attrait autre que pervers pouvait exercer ce vieux magot sur une si ravissante jeune fille ?

J'étais certain qu'il allait chercher à la revoir. Et je n'étais pas moins convaincu qu'elle ne se montrerait pas farouche. Le ravissement que j'avais lu sur son visage tandis qu'il lui triturait la main ne me laissait aucun doute. Mais ne serait-ce de sa part qu'une simple curiosité, la satisfaction de plaire à un homme aussi célèbre ? Ou ce plaisir malsain d'allumer les sens d'un séducteur passé maître dans l'art des conquêtes féminines ? Je la soupçonnais d'aimer jouer avec le feu.

À cet égard, les appels répétés de Birgitt pour m'inviter ne me trompaient guère. La manière dont elle me demandait, d'une voix sucrée, des nouvelles de « votre petite Finlandaise » me faisait suspecter des manigances à la Merteuil. J'avais déjà la conviction que cette Pompadour jouait un rôle d'entremetteuse. L'ascendant qu'elle continuait d'exercer sur Molnar n'avait pas d'autre origine. À moins que, plus pervers encore, ces appels n'eussent d'autres raisons que d'endormir ma jalousie en me faisant croire que Molnar n'était pas parvenu à entrer en relation avec Helena.

Aussi me gardai-je bien d'accepter ses invitations dont les visées n'étaient que trop claires. Je n'en parlais pas non plus à Helena qui m'eût reproché ma jalousie.

Celle-ci, pourtant, avec un sixième sens infaillible qui me troublait toujours, me demanda, en fixant sur moi son regard bleu d'une désespérante candeur :

— Birgitt ne nous invite plus jamais chez elle.

Je feignis l'étonnement. J'attribuai le fait au caractère lunatique de Birgitt mais, tandis que je tentais de faire dériver la conversation sur un sujet moins brûlant, Helena me dit :

— Si ses dîners ne vous amusent pas, ce n'est pas une raison pour m'empêcher d'y aller.

Puis, après cette semonce, elle cisela cette menace qui me perça le cœur :

— Après tout, je peux sortir sans vous : nous ne sommes pas mariés.

28

Nous déjeunions à la terrasse du Chalet des Îles sur le lac du bois de Boulogne. Helena me fit un aveu qui me troubla.

— J'ai rencontré votre amie Birgitt, me dit-elle, le regard fuyant, en malaxant un morceau de pain.

— Et où donc l'as-tu vue ? demandai-je, l'appétit subitement coupé.

Rien ne m'était plus suspect que le hasard de cette rencontre.

— Dans la rue ! Au carrefour de Buci. Elle est très gentille. Elle veut m'aider.

— Tout le monde est prêt à t'aider, moi le premier, dis-je, essayant de garder mon calme.

— Je veux dire m'aider financièrement.

— Méfiance, dis-je, on ne donne jamais rien pour rien.

— Molnar cherche des modèles. Il paraît que c'est très bien payé.

Elle me regardait d'un air étrangement loyal. Son effort de franchise donnait à ses yeux bleus une limpidité de mer Méditerranée.

Je frémis.

— Tu accepterais de poser pour ce vieux satyre ?

— Pourquoi pas, si c'est bien payé !

Un flot d'arguments assaillit mon esprit. Ma colère était telle que je ne parvins à en formuler aucun.

— Je te l'interdis, dis-je avec une intonation de pair noble dans laquelle je me reconnaissais si peu.

Je levai brusquement ma main qui rencontra le plateau du serveur, précipitant avec fracas sur le sol nos assiettes de filets de sole normande. Je fis un effort pour ne pas retourner ma fureur contre le garçon inopportun.

Helena conservait son calme pour mieux accentuer l'absurdité de ma colère, indifférente aux allées et venues du serveur qui réparait mes dégâts.

— Vous êtes ridicule. Est-ce que vous m'auriez aussi empêchée de poser pour Goya ou pour Manet ?

Je vacillai devant cet argument déloyal. Loin de me convaincre, il accentua ma colère.

— Je te l'interdis, tu entends, je te l'interdis !

Elle me regarda posément, avec un air de défi.

— Si je ne le fais pas, je le regretterai. Ce sera bien pire.

29

Les soupçons que je nourrissais vis-à-vis de Molnar et de ses intentions m'étaient d'autant plus cruels que son nom revenait sans cesse à mes oreilles. Pas un jour où il ne fût question de lui depuis que la décision avait été arrêtée de lui consacrer un numéro spécial de la revue. J'éludais toutes les propositions de le rencontrer tout en sachant que je ne pourrais pas éviter longtemps cette échéance fatale. Je prenais garde de ne jamais citer son nom devant Helena, par crainte de réveiller chez elle le désir qu'elle avait manifesté de poser pour lui. Peut-être n'y pensait-elle plus ? Peut-être n'était-ce qu'une velléité ? J'avais beau me raisonner en me répétant qu'un peintre ne couchait pas forcément avec son modèle, mille exemples contraires m'assaillaient. Une femme ne se met pas nue impunément devant un homme, fût-il un peintre. Ce geste n'est-il pas la marque même de sa soumission ? Et ce corps livré sans pudeur au regard de l'artiste qui le scrute, dans la lumière crue de l'atelier, le soumet aux exigences de la pose, n'est-ce pas le climat le plus propice à une caresse ambiguë, à toutes les connivences érotiques ? Elle-même, qui aimait tant lire dans les yeux des hommes le désir qu'elle inspirait, ne se prendrait-elle pas à son propre jeu de séductrice ?

Combien de fois Molnar avait-il dû user de ce stratagème pour arriver à ses fins avec les jeunes femmes qu'il convoitait ? Quelle facilité de faire passer la main ductile de l'artiste à la main caressante de l'amant, de prendre prétexte du toucher professionnel à l'enveloppement amoureux ! Cette prise de possession par le regard, n'était-ce pas déjà un accord tacite, un abandon réciproque à une vague qui vous entraîne, vous submerge ? Étaient-ils même encore maîtres de leur désir ? N'était-il pas d'une essence fatale en de telles circonstances ?

À l'évidence, Molnar n'était pas du genre à négliger une telle aubaine. Ce priapique constitutionnel — il n'était que de voir ses sculptures — aimait les corps d'une passion païenne. Il s'en repaissait sans fin. Pas un atome de spiritualité ne se logeait dans ses nus impudiques, observés par un artiste affamé du clair mystère de la chair nue. C'était ce désir frénétique qui frémissait dans ses œuvres où les parties les plus intimes de la femme étaient décrites avec gourmandise comme autant de fruits appétissants. Comment ne communiquerait-il pas à ses modèles sa lubricité dévorante ?

La seule sauvegarde résidait dans la vertu d'Helena. Mais que pesait la pudeur d'une jeune fille face à un tel torrent de désir ? Et, de cette vertu, quelles preuves avais-je ? Je n'avais bien au contraire que des témoignages de sa nature voluptueuse. Le plaisir était son dieu. Son corps, que j'adorais, ne semblait avoir été créé que pour recevoir et donner de la jouissance.

30

N'y tenant plus, abandonnant les sages résolutions de prudence que je m'étais imposées, je résolus de confier mon obsession à Helena. J'amenai délicatement le sujet. Je pris un ton badin pour ne pas laisser voir mon angoisse.

— Et Molnar ? Tu ne m'en parles plus ?

Elle haussa les épaules.

— Arrêtez de vous faire du souci avec Molnar !

— Du souci, moi ? répétai-je en ricanant.

— Vous êtes bête d'être jaloux. Molnar ne me plaît pas. Il est vieux et laid.

— Je ne suis pas non plus tout jeune.

— Oh, mais vous, vous avez une âme. Lui, c'est un pervers.

Ragaillardi, je lui demandai si elle avait renoncé à poser pour lui. Toutes les fibres de mon être étaient tendues vers sa réponse.

— Vous êtes vraiment idiot. C'était pour vous faire peur.

Et elle m'attira tendrement dans ses bras.

Cette réaction me délivra de mon angoisse. Je me calmai en me disant qu'il était inutile de chercher des raisons d'être malheureux dans les raisons que j'avais d'être heureux.

Et, en effet, je fus heureux. Comme jamais peut-être avec elle. L'ombre de Molnar se dissipa. Du moins elle cessa d'être menaçante. J'avais apprivoisé le monstre. Il ne me semblait dangereux que pour toutes les femmes, à l'exception d'Helena.

Mais que m'importait qu'il fasse cocue la terre entière à la condition que ses grosses pattes ne la touchent pas. Merveilleux pouvoir des mots : j'avais à nouveau confiance en elle. Désormais, j'affrontais la vie avec sérénité. Je me sentais miraculeusement maintenu au-dessus d'un gouffre. Mais je n'avais plus peur.

J'entrepris d'échafauder des plans de bonheur. Quelle sottise ! Comme si la vie pouvait être gérée comme un prudent petit commerce où l'on calcule derrière un rassurant tiroir-caisse les risques, les bénéfices et les bilans.

31

Un grand feu brûlait dans la cheminée du salon de l'hôtel L'Orée du Bois, à Méribel. Il flottait dans la pièce un parfum acidulé de résine qui se mariait aux effluves de tarte aux pommes chaude. La journée avait été belle. Un triomphant soleil de mars régnait dans un ciel sans nuages. Le grand beau, comme disent les guides de haute montagne. Helena skiait beaucoup mieux que moi. Elle m'attendait, souriante, au bas des pistes. Un je-ne-sais-quoi de léger, de pétillant et d'un peu irréel flottait dans l'air. L'oxygène, la griserie du ski, la beauté et la gentillesse d'Helena, tout contribuait à donner à ce séjour une perfection rare. Cette perfection dont parle Spinoza dans *L'Éthique.* Ce bonheur que je savourais d'une manière sensuelle, comme si je dégustais une délicieuse crème fouettée, j'en connaissais la cause : ici, j'avais Helena pour moi seul. Aucun Molnar ou autres prédateurs de son espèce ne me menaçaient. En l'éloignant de Paris et de ses ombres, j'avais enfermé Helena dans un infranchissable cercle d'or.

J'observais les objets disposés dans ce salon meublé de manière rustique : le propriétaire collectionnait avec passion les poteries, les faïences, les sculptures représentant des chats. Un minou noir, dodu et bien réel celui-là, déambulait d'un air hiératique dans ce musée en faisant tinter la clochette accrochée à son cou par un ruban rose.

Helena, assise dans un fauteuil, en face de l'âtre, était plongée dans la lecture des *Mémoires* de George Sand. Elle y collationnait les passages où la romancière évoque ses conversations avec Fromentin. Elle avait l'air appliqué d'une écolière studieuse. Quant à moi, armé d'un crayon bille rouge, je corrigeais les épreuves du prochain numéro de la revue consacré à Gauguin. Un ultime moment de satisfaction professionnelle avant la corvée de devoir échafauder un numéro sur l'inévitable Molnar. Un article que je lisais évoquait les relations entre Gauguin et son copain, le peintre Émile Schuffeneker qu'on appelait familièrement Schuff. Un bon peintre qui n'avait pas le génie de son tyrannique ami. J'imaginais ce bon père de famille au milieu de sa ravissante femme et de ses deux filles. Il avait connu des années difficiles, mais il vivait alors dans une certaine aisance, table ouverte à tous les recalés du succès. Ce côté à la fois bohème et familial qui faisait le charme de la famille Renoir. On ne roule pas sur l'or, bien sûr, mais on se consacre à la passion de la peinture et aux amis. Gauguin, quand il plaque Mette et ses enfants, lui demande l'hospitalité. Ce loup affamé doit envier la douce harmonie familiale qui règne chez Schuff : les petits plats, le piano, le gigot du dimanche. Et ce bonheur que son cœur nomade ne trouve nulle part. Schuff l'accueille malgré les réticences de son épouse qui se méfie de lui et n'aime pas ses manières brutales.

Pour amadouer cette femme indomptable, rien de tel que de lui proposer de faire son portrait. Elle refuse. Mais le bon Schuff insiste, toujours pour faire plaisir à son copain. Les séances de pose commencent dans l'atelier de Gauguin. Un sacré foutoir, cet atelier ; il y règne un désordre de tanière et ça pue l'essence de térébenthine. Je retenais mon souffle. Je les imaginais tous deux, Mme Schuff et Gauguin, seuls, elle raide, un peu gênée, et lui qui prépare ses pinceaux et fait le mielleux pour la séduire. Très vite, il doit avoir un geste déplacé. Mme Schuff l'a peut-être rembarré. À la deuxième séance, il lui caresse les cheveux, lui vole un baiser. Et puis l'escalade, le vertige. Et là, elle cède sans savoir pourquoi à cet homme qu'elle n'aime pas, qu'elle méprise. La séduction de la brute, l'attrait du fauve. Tout le contraire du bon Schuff si délicat, si aimant. Il a dû la prendre avec violence, sur un vieux canapé au rebut, en lui chuchotant des paroles salaces. Ah, oui, ça la change du bon Schuff. Allez savoir ce qu'il y a dans la tête d'une femme à ce moment-là ! Quelle mystérieuse rébellion contre le gigot du dimanche et la platitude du train-train conjugal !

Une nuit épaisse de désespoir tomba sur moi, abolissant ce bonheur que, quelques instants auparavant, je savourais encore.

Helena, devinant mes pensées, se leva et vint se blottir dans mes bras. Enlacés, nous regardions les bûches se consumer, ce feu que tant de fois nous avions observé dans son petit appartement de la rue Valadon. Il semblait nous suivre et accompagner nos états d'âme. Une bûche roula de l'âtre sur le tapis. Des braises se répandirent sur le sol. Je me levai pour la remettre dans la cheminée.

Puis je me rencognai dans les bras d'Helena, éprouvant avec une intensité accrue le plaisir de retrouver le contact de son corps.

Uni étroitement à elle, je me mis à rêver. Helena était la femme de ma vie. Aucune autre avant elle ne m'avait apporté un tel sentiment de bonheur. Il y avait entre nous une complicité, une complémentarité d'intérêt et une tendresse qui nous liaient d'une manière si forte qu'il me sembla impossible de retrouver dans l'avenir un être qui correspondît plus parfaitement à l'idée que je me faisais d'une union idéale. Pourquoi alors ne l'épouserais-je pas ? Pourquoi ne pas lui faire un enfant ? Cette idée m'attendrissait sur elle, sur moi.

Le soir, dans la chambre mansardée, je la serrai avec émotion dans mes bras. Maintenant que la confiance était revenue, il me semblait qu'aucun obstacle ne pourrait plus nous séparer. Rien n'était plus clair que son cœur, clair comme cette belle nuit étoilée, sous la lumière froide de la pleine lune que je distinguais à travers la fenêtre.

32

À mon retour de Méribel, le démon de la jalousie me reprit. Paris offrait tant de moyens de se perdre. L'anonymat de la grande ville était complice des mensonges. Que faisait Helena hors de ma vue ? Ses explications me semblaient souvent confuses. Mais quelle surveillance peut complètement rassurer sur le comportement d'un être ? Il faudrait être non seulement présent, mais pouvoir suivre les méandres de ses états d'âme. N'importe quel homme à la terrasse d'un café pouvait l'aborder sous un prétexte futile, entamer la conversation et lui plaire. C'était cela aussi Paris. Ce réservoir infini de tentations, de sourires, de flirts esquissés. Pourquoi m'accorderait-elle ce monopole de son corps ?

Je remarquai à son poignet un bracelet d'améthyste de style Art déco que je ne lui avais jamais vu.

— Il est joli, ce bracelet. Il est nouveau, dis-je en m'efforçant de marquer une pure curiosité esthétique.

Helena haussa les épaules.

— C'est une amie qui me l'a prêté.

— Ah bon. Comment s'appelle-t-elle ?

— Aude de Vaduz.

— Où l'as-tu rencontrée ? demandai-je avec une délicatesse d'inspecteur de police.

— Oh, elle m'a draguée dans un bar.

Je sursautai.

— Dans un bar !

— Mais non, idiot, je l'ai rencontrée à la bibliothèque.

— Pourquoi t'a-t-elle prêté ce bijou ?

— Cela se fait entre filles.

Un autre jour, je remarquai qu'elle avait un sac à main flambant neuf en chagrin cramoisi.

— Quel beau sac, dis-je. C'est ton amie Aude de Vaduz qui te l'a prêté ?

— Mais non. Je me le suis acheté avec mes économies. Mais vous pouvez me l'offrir si vous voulez.

Ma jalousie me coûta cinq cents euros.

33

Helena devint d'humeur maussade. C'en était fini de nos fous rires sur les télésièges de Méribel, de la pétillante gaieté qui avait rendu ce séjour lumineux. Elle se montrait agressive. Son visage fermé n'exprimait qu'une sourde irritation. Elle semblait en proie à je ne sais quelle contrariété. Je n'y prêtai pas attention. Elle était coutumière de ces sautes d'humeur. J'imaginais que son irritabilité était liée à sa situation d'étrangère éloignée de sa famille. De celle-ci, elle me parlait peu. Elle n'y faisait que des allusions. Je devinais des drames, des blessures, le lot commun. Parfois, je saisissais un regard vers moi dépourvu de tendresse, un regard dur et froid de rapace, qui me troublait. J'avais beau redoubler d'attentions, mes démonstrations d'affection ne faisaient que l'agacer. Mais ce sont là les petits désagréments de la vie de couple. C'est ce que je me disais pour me rassurer. Et puis j'avais fait tant de provisions de bonheur avec elle que ces légères contrariétés ne pouvaient pas entamer l'invincible foi dans la vie que me donnait cet amour partagé.

34

Un soir, je dînais avec elle chez moi, rue du Regard. Dès le début de la soirée, je lui trouvai un air étrange. Elle semblait absente et préoccupée. À propos de rien, elle eut une repartie aigre. Puis elle se montra à nouveau enjouée. Quelles ombres la traversaient ? Elle tripotait nerveusement sa chaîne en or, l'enroulant et la déroulant autour de son doigt. Soudain, elle me fixa de son beau regard bleu marine.

— Quelles sont vos intentions avec moi ?

Posée à brûle-pourpoint, la question me décontenança. Même si, dans mon for intérieur, je me l'étais souvent posée à moi-même sans pouvoir formuler clairement une réponse, je fus surpris de la voir énoncée ainsi sans préambule. Je tentai de gagner du temps.

— Mes intentions, répétai-je comme si je comprenais mal de quoi il s'agissait.

— Oui, vos intentions, insista-t-elle d'une voix rogue. Ne faites pas l'idiot. J'ai ma vie à faire.

Pour être franc — au moins avec moi-même car, à cet instant, je l'étais très peu avec elle —, je dois avouer que ce n'est pas la question qui me glaça — elle était légitime —, mais le ton péremptoire, si peu sentimental qu'employait Helena. Sous l'effet d'une étrange métamorphose, je n'avais plus devant moi la jeune fille tendre, généreuse, égarée, souvent lunaire que j'aimais, mais une aigre syndicaliste hérissée de revendications et d'exigences légales. Pis, sous ses traits juvéniles, je voyais apparaître une belle-mère récriminatrice, despotique, montant sur ses grands chevaux pour réclamer le respect des devoirs moraux, porte-parole de l'intransigeante loi sociale qui tentait de débusquer en moi l'éternel amant insouciant.

Au lieu du courage qu'exigeait cette mise en demeure, j'étais envahi par une douce lâcheté. Tout mon être regimbait à passer sous le joug. La perspective de lier ma vie à Helena, que j'envisageais encore quelques semaines auparavant avec félicité, m'apparaissait, présentée sous la forme d'une obligation, comme une atteinte exorbitante à ma liberté. Une lutte terrible s'engagea en moi entre l'exigence de mon plaisir, donc le souci de ne pas rebuter Helena, et la conviction que je ne pouvais céder à son objurgation comminatoire.

— Il faut réfléchir, susurrai-je. Rien ne nous presse.

— Moi, je n'ai pas de temps à perdre, dit-elle d'une voix cassante.

— C'est une question grave. On ne peut pas décider à la légère.

Elle me regarda d'un air dur. Ses yeux bleus se fonçaient et lui donnaient une expression inflexible.

— Je vous connais, vous, les hommes. Vous profitez des femmes, mais vous refusez de prendre vos responsabilités.

Comme ce que disait Helena était vrai ! Je le savais. Mais j'avais beau me désolidariser de cette race des hommes si égoïstes, il me semblait que ce reproche fondé était néanmoins injuste me concernant. Personne n'était plus attaché que moi au bonheur d'Helena. Mais l'idée de la rendre heureuse, de la satisfaire ne parvenait pas à déclencher en moi le sacrifice qu'elle exigeait. Une angoisse m'assaillit : peut-être était-elle enceinte ? Le nœud de la corde autour de ma gorge se serrait douloureusement. Cette nouvelle pouvait changer brusquement les termes de la négociation : car c'est bien de négociation qu'il s'agissait en dépit de son prétendu enjeu sentimental, une négociation aussi âpre et aussi rude qu'une procédure devant notaire.

— Nous ne nous connaissons que depuis quelques mois.

Cet argument plein de sagesse eut le don de l'exaspérer.

— J'ai besoin d'une réponse rapide, dit-elle sur un ton de défi.

L'idée qu'elle était enceinte me traversa à nouveau.

— Pourquoi rapide ? demandai-je d'une voix altérée.

Elle prit sa respiration comme si elle voulait remplir ses poumons pour une plongée en apnée. Et, me regardant droit dans les yeux pour me montrer à quel point elle ne plaisantait pas, elle cisela lentement ces mots qui me dévastèrent :

— Il y a quelqu'un qui est prêt à m'épouser. Je dois lui donner une réponse.

35

Une seule pensée m'obsédait. Dans la rue, à mon bureau glacial, en relisant les épreuves de la revue, chez moi, dans le métro, dans l'autobus, en prenant un café sur le zinc, en lisant le journal le matin, partout je ne voyais que Molnar. Il était dans l'air que je respirais. Il me bouchait l'horizon. En permanence, j'entendais crier ce nom haï : Molnar, Molnar. Aussitôt, j'étais assailli par des images obscènes. Son visage simiesque de vieux satyre m'apparaissait. Je me remémorais les anecdotes scabreuses qui couraient sur lui.

Voulait-il épouser Helena ? Je ne pouvais croire à cette hypothèse démente. Bien sûr, il était capable de tout. Les êtres de sa sorte ne reculent devant aucun expédient. Mais la différence d'âge ! Et Helena ne m'avait-elle pas dit qu'il la dégoûtait — dégoût qui avait un temps anesthésié ma jalousie —, ce dernier argument était celui qui me rassurait le moins. J'avais vu trop de femmes se dédire plus rapidement qu'elles ne retirent leur jupe. Je ne pouvais pas faire fond sur sa prétendue répulsion. Peut-être même celle-ci s'était muée en attrait. Mais était-ce bien de Molnar qu'il s'agissait ? Tant de bras dans cette ville immense pouvaient convoiter Helena, tant d'hommes en quête de bonne fortune, tant d'imposteurs sentimentaux prêts à tous les mensonges pour parvenir à leurs fins. La promesse du mariage : quel artificieux piège à femmes. Aucune n'y résiste. Comme si elles n'aspiraient qu'à ce but et ne jugeaient la sincérité des sentiments qu'elles inspirent qu'à l'aune de ce serment trompeur. Helena, à son tour, se prenait à ce jeu qui abolissait en elle tout raisonnement et tout sentiment, et réduisait sa personnalité fantasque à la plus conventionnelle des jeunes filles.

Tandis que ces doutes m'assaillaient, j'étais à mon bureau face à ma secrétaire. Les textes qui passaient sous mes yeux ne parvenaient pas à me détacher de mon obsession. Je ne distinguais qu'un brouillard de mots. Ma collaboratrice jetait vers moi, de temps à autre, un regard compatissant. J'évitais ce regard par crainte de céder à cette pente si tentante des aveux que le malheur nous tend. Elle me proposa une tasse de thé. J'acquiesçai. Elle mit l'eau à chauffer dans la bouilloire électrique, sortit des tasses et, après m'avoir servi, me dit d'un ton secourable :

— Je ne veux pas vous donner de conseils, mais vous devriez prendre des vacances.

36

— Alors, vous avez réfléchi ?

Helena attendait ma réponse. Les lèvres pincées, le regard inquisiteur, son visage raidi dans une expression âpre et tendue. La douceur laissait la place à une froide impassibilité négociatrice. Je n'étais plus face à une amoureuse, mais à une créancière impitoyable. Son air buté écartait toute idée de compréhension. Nous dînions chez Dave, un restaurant chinois rue de Richelieu mal éclairé et tendu d'un tissu rouge. Au centre de la salle, dans un aquarium, des poissons rouges folâtraient au milieu des bulles, indifférents à leur prison de verre et, plus encore, au dilemme qui m'agitait.

— Et toi ? dis-je de manière dilatoire pour tenter d'éloigner le piège dont je ne savais comment me dépêtrer.

Je n'avais plus ce soir-là devant moi une femme aimée et aimante, mais une joueuse au regard acéré qui voulait percer mon jeu et remporter la mise. Elle m'observait, me jaugeait, tentant de percer mes faiblesses. Je savais que chaque mot pèserait lourd dans le procès en égoïsme qu'elle m'intentait.

Ce mariage, que je lui aurais peut-être moi-même proposé — même s'il y a loin dans ce domaine de l'intention vague à la résolution ferme —, devenait sous cet angle aussi peu attrayant que la perspective d'une opération chirurgicale. Je me cabrais. Tout mon être se rebellait contre cette tentative d'extorsion de ma liberté.

Dans le chantage qu'elle exerçait sur moi, Helena détenait une carte qui m'épouvantait en même temps qu'elle m'aidait à me détacher d'elle : étais-je vraiment en concurrence avec l'abominable Molnar ?

Dévoré par la jalousie, je lui tendis un piège : je feignis de douter de la réalité de la promesse de mariage qu'on lui faisait pour obtenir d'elle le nom du mystérieux soupirant.

— Tu prétends que quelqu'un veut t'épouser. Puis-je au moins savoir son nom, s'il existe ?

Le cœur me battait en guettant sa réponse ! Elle semblait réfléchir comme un joueur d'échecs qui craint d'avancer un pion trop vite. Elle s'interrogeait pour savoir s'il était de son intérêt de m'informer. Mais l'amour-propre l'emporta. C'est ce que j'espérais. C'est à l'évidence beaucoup plus mue par ce mouvement que par le souci de la vérité qu'elle m'avoua :

— C'est Kurt, mon fiancé, celui que j'ai laissé en Finlande.

Bizarrerie insondable du cœur ! Je fus soulagé. J'aurais presque béni ce Kurt, dont j'ignorais tout, de s'interposer entre Helena et l'ignoble Molnar. Il m'était plus agréable d'avoir pour rival un grand blond nordique amateur de ski de fond plutôt que ce pervers de Molnar.

M'ayant donné un avantage, Helena tenta aussitôt de regagner du terrain. Elle dit d'un ton comminatoire :

— Alors, qu'avez-vous décidé ?

J'avais une folle envie de la satisfaire. Mais le personnage glacé que j'avais devant moi qui s'était substitué à la jeune fille aimante ne m'y encourageait pas. Son insistance me rebutait. Je me raidis devant sa détermination. Il fallait pourtant lui donner une réponse. Celle-ci me fut dictée par un réflexe de survie.

— Mais je suis déjà marié, dis-je.

Je m'en étais souvenu à temps. Le précieux subterfuge me sauvait.

37

Je déjeunais dans un cabinet particulier du restaurant Lapérouse. Je n'étais pas en bonne fortune, loin de là. La Catherine II de l'agroalimentaire avait des problèmes domestiques. Son cuisinier, un très bel Indonésien, était tombé amoureux de son chauffeur asiatique, bel homme lui aussi, mais marié. Et il avait fait une tentative de suicide, ce qui rendait momentanément impossible le recours au gaz et aux couteaux de cuisine. Je ne me faisais aucune illusion sur les arrière-pensées qui avaient amené la propriétaire de ma revue à m'inviter dans ce restaurant cossu où flottaient les effluves un peu rances d'une ancienne galanterie. On était dans un décor de vaudeville. Ces cabinets particuliers aux canapés canailles sentaient le « ciel, mon mari », le notaire en goguette, le gommeux en frac, la demi-mondaine. Y musardaient encore dans les miroirs les lascifs ébats des horizontales définitivement allongées au Père-Lachaise. Le stupre avait laissé dans ce lieu un parfum tenace que nappait avec un peu trop d'insistance une sauce à l'ail particulièrement insistante.

Mme Delachenal arborait son air de propriétaire que le doute n'avait jamais ravagée. Avec son opulente poitrine capitaliste, ses nouvelles lunettes serties de strass toujours attachées à son cou par une chaîne en or, elle collait tout à fait bien à ce décor démodé d'une Régence réorchestrée par les parties fines radsoc de la IIIe République.

Je n'attendis pas longtemps avant qu'elle en vînt à sa turlutaine : Molnar. J'étais moins curieux des arguments artistiques qu'elle allait avancer pour justifier son subit engouement que des raisons véritables qui la poussaient à le promouvoir.

Je pris un air ingénu.

— D'où vous est venue cette idée ? Il n'est pas très connu. Du moins en France.

— Le mari de Birgitt est le plus gros exportateur de saumon de la Baltique. Il était associé à mon mari, dit-elle dans un mouvement de franchise.

Je respirais. Il ne s'agissait nullement d'un coup de foudre artistique. Comme Mme Delachenal avait forcé sur un excellent pomerol, elle commença à devenir égrillarde.

— Ce Molnar, s'exclama-t-elle, quel drôle de bonhomme tout de même. Il m'a invitée dans son atelier à Montmartre, je devrais dire sa garçonnière. C'est plein de filles là-bas et dans des tenues…

— Les sculpteurs ne sont pas des dames patronnesses, dis-je, pas mécontent de montrer la limite de son moralisme petit-bourgeois.

— Au fait, vous savez qui j'ai vu là-bas ? Votre jeune amie finlandaise. Je sais que vous avez les idées larges. Tout de même, à votre place, je lui dirais de se méfier.

Ma fourchette se figea au-dessus de mon assiette, devant le chaud-froid de volaille.

38

Je téléphonai à Helena. J'avais l'esprit en feu. Elle était absente. Je me précipitai rue Valadon. Je sonnai. Sans succès. Je décidai de l'attendre. Que pouvais-je faire d'autre ? Que voulais-je ? J'étais bien en peine de le savoir. Une confirmation ? Une dénégation ? Je voulais que cesse la ronde de ces images brûlantes qui me dévastaient. La concierge vint me demander, l'air suspicieux, ce que je faisais là. Je lui donnai une explication confuse qui ne la rassura pas. Je demeurai immobile face au bouton de la porte. J'entendais les gens rentrer de leur bureau, les clés qui déverrouillaient les serrures. Une petite vieille toute menue et recroquevillée gravit l'escalier, chargée d'un lourd cabas qui laissa derrière elle des effluves de poireaux et de choux. Bientôt monta dans l'escalier l'odeur réconfortante des madeleines sortant du four que confectionnait la mère de famille cordon-bleu du deuxième étage. Des enfants rentrèrent de l'école en piaillant. Je vis passer près de moi une jeune Chinoise aussi discrète et apeurée que si elle était poursuivie par la police. Puis un Chinois d'âge mûr, puant le patchouli, qui mâchait un chewing-gum. Il ne manquait que les deux Sri Lankais de la rue de la Gaîté. Tout le monde rentrait dans cette tour de Babel. Sauf Helena.

Elle apparut enfin. Elle sursauta à ma vue.

— Qu'est-ce que vous faites là ? Vous en avez une tête.

— J'ai à te parler.

— Oh là là, je sens que vous allez encore me chercher des histoires.

Nous pénétrâmes dans son petit appartement où flottait une odeur d'encens.

Quand nous fûmes installés sur le canapé, je tentai de me calmer.

— Ta journée s'est bien passée ?

Elle ne répondit pas. Elle regardait ailleurs, triturant sa chaîne en or. Je répétai ma question.

— Pas la vôtre, à ce qu'il me semble.

Je perdis en un instant mes résolutions de pondération.

— Je t'avais interdit de poser pour Molnar.

— Et l'argent ? me dit-elle en affrontant mon regard. Je dois gagner ma vie.

— Il y a des moyens plus honorables de s'en procurer.

— J'aime les artistes. J'ai le droit, non ?

— Ne me dis pas qu'il n'a pas essayé de coucher avec toi.

— Si je ne devais pas voir les gens qui veulent coucher avec moi, je ne verrais personne.

— Ça ne te gêne pas de poser nue, lui demandai-je, espérant de tout mon cœur qu'elle allait me rassurer.

— En Finlande, ça ne dérange personne d'être nu.

— Je ne veux plus que tu y ailles. Tu entends, plus jamais.

— Personne n'a le droit de me donner des ordres. Sauf mon mari. Et vous ne voulez pas l'être.

— Pourquoi m'avoir menti ?

J'étais à bout d'arguments. Ce que je lui demandais ne pouvait pas recevoir de réponse. C'était, traversant mes contradictions, une inspiration désespérée à ce qu'elle devienne telle que je l'avais rêvée. Oui, il aurait fallu que cette image idéale se substitue comme par magie à l'être trop réel que j'avais devant moi. Si je ne l'avais pas aimée, comme il m'eût été facile d'accepter ses réponses. L'aimant, cela était insupportable. Je ne pouvais me résoudre à la comprendre.

— Je n'ai pas menti. Puisque vous voulez que je sois franche : mon fiancé arrive la semaine prochaine. C'est vous qui l'aurez voulu.

39

La culpabilité est le plus impitoyable des créanciers. « C'est vous qui l'aurez voulu. » Ces mots, je les retournais sans cesse dans ma tête. J'étais l'instrument de mon malheur. J'étais pris dans un processus inexorable dont je ne pouvais sortir : je ne concevais pas de céder au chantage de cet être âprement calculateur, mais je ne pouvais répudier le charme de son ancienne incarnation. Et puis le plaisir brouillait tout. J'étais déchiré de ne pouvoir ni vivre avec elle ni accepter la fatalité de la perdre. Je me raccrochai à un dernier espoir : qu'elle ne mette pas à exécution la menace de faire venir son fiancé. Je voulais me persuader que c'était sa dernière invention pour me forcer la main. Comme cette illusion m'était chère ! Qu'aurais-je donné pour ne pas être détrompé. Hélas, il vint.

40

Oui, il vint. Pire, il s'installa chez Helena. Je pris alors en horreur l'appartement de la rue Valadon. C'est sur lui que se concentrèrent mon dégoût et ma haine. Les moments de bonheur que j'y avais connus me semblaient trahis. Le quartier de l'École militaire me devint insupportable. Il était chargé des miasmes du malheur. Helena ne m'accordait plus que des miettes : elle passait rue du Regard, pressée, l'œil sur sa montre, se donnant avec indifférence. Je ressemblais au héros de *La vie est un songe* : j'étais passé du palais au cachot, de la lumière à l'ombre, de la gloire d'être aimé à l'humiliation d'être traité en second.

Pourquoi acceptais-je les tortures qu'elle m'infligeait ? N'avait-elle pas réussi à me convaincre que c'était moi le coupable ? Mon abaissement était tel que je le croyais. Ce supplice ne pouvait durer. Chaque jour je me disais que j'allais la quitter. Mais elle apparaissait et je fondais dans ses bras. Les jours passaient, et les semaines, sans que je trouve la force d'arracher le poignard planté dans mon cœur.

41

On comprendra le peu d'enthousiasme que je mis à préparer le numéro spécial de la revue consacré à Molnar. C'était m'exposer à d'autres souffrances en plus de celles que j'endurais. J'avais pourtant l'impression d'avoir touché le fond. Je croyais impossible d'être plus détruit que je ne l'étais. Eh bien, non ! De nouveaux territoires vierges de tourments s'ouvraient en moi que la torture amoureuse n'avait pas encore explorés. Et mon désarroi ne trouvait nulle part un réconfort. Où que j'aille, quoi que je fasse, j'étais en face de ma souffrance puisque je me retrouvais en face de moi-même.

42

— Les femmes russes n'ont pas de limites. Je vous avais prévenu.

Mirja parlait d'une voix douce, tentant de m'amener à résipiscence. Pourquoi avoir demandé à la voir si ce n'était pour céder à la plus humiliante des tentations : tout lui avouer. Pourquoi à elle ? Pourquoi pas à elle ? Je n'avais plus rien à perdre. Je voulais me ressaisir, essayer de retrouver le fil de cette situation incompréhensible. Je revenais au point de départ. J'étais chez elle, dans son appartement, petit mais coquet, qui donnait sur l'abside de Saint-Julien-le-Pauvre.

Si grand que fût l'effort de Mirja pour tenter de se montrer compatissante, je la sentais lointaine, campant sur ces hauteurs arides que la souffrance n'atteint plus puisque l'amour en a été chassé depuis longtemps. Rien n'est plus désagréable à ceux qui se sont guéris de la passion que d'avoir sous les yeux le spectacle de ces malades qu'ils ont été mais qui, maintenant, les dégoûtent. Mirja était passée du côté des gens raisonnables. Elle ne pouvait en aucun cas m'aider. Jung dit qu'un psychanalyste doit partager la souffrance des patients qu'il soigne au point de devenir malade lui-même. Mirja répugnait à prendre sa part de mes affres. Je la sentais distante : peut-être craignait-elle d'être contaminée par le mal qui me ravageait.

Elle me parlait de la vie en femme positive, comme si on pouvait en résoudre les douloureuses énigmes avec des recettes de cuisine. Le cœur est tellement simple pour les autres. Ces robustes conseils m'étaient pénibles car je ressentais leur inutilité. Ils auraient parfaitement convenu à un homme raisonnable qui n'aurait pas été amoureux. Selon elle, je ne devais pas admettre cette situation « qu'aucun homme n'accepterait ».

Avec cette injonction, elle avait le sentiment d'avoir tout dit. Elle ne réussissait qu'à accroître ma honte. Comme si j'avais besoin d'elle pour savoir ma faiblesse. Plus j'avançais dans les confidences, plus j'avais conscience de mon erreur. J'aurais dû garder secrètes mes mésaventures. C'est sans ménagements que Mirja jugeait le délabrement de ma vie sentimentale, satisfaite au fond d'un échec qu'elle avait prévu, qui lui faisait ressentir avec orgueil son avantage d'avoir éteint à jamais les sentiments de son cœur. Le spectacle navrant que je lui offrais rassérénait son âme frigide et la dédommageait du désert de sa solitude.

— Vous devez reconquérir votre dignité, m'ordonna-t-elle de l'air fier d'un capitaine de cavalerie admonestant un fils de famille pour ses dettes de jeu.

— Vous avez raison, répondis-je en me levant sans penser un mot de ce que je disais.

Soudain, j'éclatai en sanglots.

Elle me prit dans ses bras et me caressa la nuque avec une tendresse maternelle.

— Mon pauvre petit.

Cette sollicitude touchante n'eut pour effet que d'humilier encore cette infime part de moi-même qui n'avait pas été touchée par la honte.

43

Je ne trouvai de compréhension que dans la musique. Elle seule était au diapason de mon cœur. J'écoutais sans fin le *Concerto pour mandolines* de Vivaldi. Il parlait à mon âme la seule langue qui ne la blessait pas. Les *Gymnopédies* d'Erik Satie s'accordaient bien aux rares moments de rémission où un bizarre optimisme renaissait en moi : quand Helena débarquait rue du Regard sans prévenir et faisait l'amour avec une sorte de conscience professionnelle, comme si elle accomplissait un devoir. Puis elle s'en allait aussi peu atteinte par nos étreintes que si celles-ci n'avaient fait qu'effleurer son épiderme. Erik Satie m'entraînait dans sa mélodie douce-amère, pétillante dans la tristesse. Quand le désespoir devenait insupportable, dans ces moments où la mort m'apparaissait moins intolérable que ma souffrance, je me poignardais à coups d'*Adagio* d'Albinoni. Il me semblait entendre la musique funèbre de mon âme morte.

44

Helena au téléphone. Elle me donnait rendez-vous à La Palette, rue de Seine. Elle me dit d'un ton comminatoire :

— Vous devez me rendre un service. Je veux vous présenter à Aude de Vaduz.

Quand Aude de Vaduz entra dans le café et me toisa d'un air dominateur, je compris que nous ne serions jamais des amis. C'était une jeune femme décidée, le cheveu court, aux gestes brusques, avec une mâchoire de carnassier. Elle aurait pu être belle si ce n'était ce teint gris et ses yeux emplis de brouillard. Elle semblait n'avoir jamais souri. Elle ne cessait de se ronger les ongles. Tout de suite, sans précautions d'usage ni préambule de courtoisie, elle entra dans le vif du sujet.

— Helena m'a dit que vous désiriez publier un article de moi !

Je sursautai.

— Un article ! Quel article ?

Une lueur assassine passa dans ses yeux. Manifestement, elle détestait d'avoir à me demander un service. Cette indomptable ne voulait pas se trouver en position d'infériorité avec moi.

Helena vint au secours de son amie.

— Vous devriez publier le texte d'Aude dans votre revue. C'est dans votre intérêt.

— Il faudrait d'abord que je sache de quoi il parle et qu'au moins je le lise.

Aude de Vaduz darda vers moi un regard malveillant. Puis elle se tourna vers Helena et les deux amies soupirèrent d'un air désolé comme si elles avaient affaire à un indécrottable béotien.

— J'ai publié des articles dans le *Wall Street Journal* et dans *Esquire,* dit Aude de Vaduz.

Je tentai de l'adoucir.

— Quel est le sujet de votre article ?

Elle se lança dans une explication fumigène où se mêlaient les noms de Campanella, de l'Arétin et d'autres alchimistes dont les théories devaient servir à expliquer le génie de Masaccio, du Pérugin et du Bernin. Elle me tendit quatre pages dactylographiées que je lus attentivement pendant qu'elle se rongeait consciencieusement les ongles. Ce texte me parut aussi confus et ésotérique que ses explications verbales.

— C'est intéressant, dis-je, un peu ardu pour le profane, mais c'est très éclairant.

— Et vous le publierez quand ? Il ne faut pas tarder, le *Spectator* va sortir un article sur le même sujet. On me l'a demandé pour *Art Press.*

— *Art Press,* m'exclamai-je avec une expression admirative, c'est beaucoup plus prestigieux que ma petite revue.

— Alors vous n'en voulez pas ? coupa sèchement Aude de Vaduz.

— Je n'ai pas dit cela. Mais je ne peux pas m'engager sur la date.

— C'est toujours ce qu'on prétexte pour refuser un article, dit-elle en se levant.

Elle embrassa Helena, me tendit sa main aux ongles rognés et nous quitta.

— Ce que vous avez pu être désagréable avec mon amie.

— C'est elle qui...

— Je n'oublierai pas que vous n'avez pas voulu me faire plaisir, reprit Helena sur un ton plein de menaces.

— Je vais le publier, dis-je lâchement.

— Trop tard. Vous l'avez blessée. Elle ne vous le pardonnera jamais.

45

Contrairement à la promesse qu'elle m'avait faite, Helena refusa de venir chez moi. J'enrageais contre moi-même : non seulement j'avais gâché un moment de plaisir — le seul bien qui me restait dans ma désolation — mais j'avais raté stupidement l'occasion de me faire une alliée. J'avais seulement un ennemi de plus.

46

Un jour, chez moi, Helena se montra subitement très tendre. Elle se confia. Elle me parla de Kurt, son fiancé. Elle était en bisbille avec lui. Elle me dit qu'il était paresseux et brutal, surtout quand il était ivre.

— Qu'aimes-tu en lui ? demandai-je avec angoisse.

— Son silence. Il est capable de se taire pendant une journée entière. On dirait un chat.

Dès lors, quand nous parlions de lui, ce n'était plus Kurt ou le fiancé, c'était le Chat.

47

D'où venait que ma jalousie vis-à-vis du Chat fût moins vive qu'envers Molnar ? Est-ce parce qu'il avait un droit d'antériorité auquel je me soumettais inconsciemment, obéissant à un instinct primitif hérité de je ne sais quelle horde sauvage ? La présence du Chat me rassurait. Elle préservait Helena de Molnar. La tendresse d'un ancien fiancé me paraissait à tout prendre préférable à une liaison trouble avec un pervers. Parfois, quand Helena s'embrouillait dans son emploi du temps, une horrible pensée me traversait : le Chat ne l'empêchait nullement de continuer à voir Molnar, à poser pour lui, pas plus qu'il ne faisait obstacle à ce qu'elle me voie.

Comme si Helena avait deviné cette pensée rouge qui me hantait, elle me tendit ses lèvres et me dit :

— Je vais me mettre nue. Mais vous, non. Restez habillé. C'est plus excitant.

48

Birgitt me téléphona. Pas besoin d'un faiseur d'horoscopes pour savoir ce qu'elle voulait : des nouvelles du numéro spécial sur Molnar. Sans doute attendait-elle que je lui fasse un compte rendu exact des superlatifs, des « admirable », des « génial » que contenaient les articles qui, tous, à des degrés divers, avaient été rédigés sous la surveillance d'un syndicat d'admirateurs comprenant Birgitt, la Catherine II de l'agro-alimentaire et présidé par Molnar soi-même. Je lui donnai rendez-vous dans un café du carrefour de l'Odéon. J'obéissais moins au désir de lui être agréable qu'à ma jalousie : je comptais bien lui soutirer des informations sur les relations d'Helena avec Molnar.

Elle arriva essoufflée dans le café.

— Vous avez vu tous ces Nègres, s'exclama-t-elle. On se croirait à Bamako.

Je lui commandai avec douceur mais fermeté de modérer ses expressions. Autant parce que ce racisme choquait mes principes que par prudence : dissimulé derrière elle par une colonne se trouvait un colosse noir, sans doute un Sénégalais, à la musculature saillante sous son impeccable costume en tergal. Je craignais qu'il n'eût entendu ce propos malséant. Je n'avais aucune envie de réparer les gaffes de Birgitt en me colletant avec une armoire à glace. Mais, faisant un mouvement pour mieux l'observer, je fus rassuré : il était plongé dans la lecture de la *Somme théologique* de saint Thomas d'Aquin.

— Alors, ce numéro spécial, il avance ? Il sera prêt pour l'exposition ?

— Ça avance, dis-je, soyez rassurée.

— Tant mieux. L'ennui avec Molnar…

Elle s'interrompit.

— L'ennui ? repris-je.

— L'ennui, c'est qu'il ne travaille plus. Il a la

tête ailleurs. Vous devriez dire à votre jeune amie de ne pas le harceler comme elle le fait.

— Vous voulez dire Helena ? demandai-je avec angoisse espérant ardemment contre toute réalité qu'il s'agissait de quelqu'un d'autre.

— Oui. Elle l'empêche de travailler. Il n'est plus tout jeune. Mais elle, que fait-elle ? Il paraît qu'elle est étudiante.

Je me taisais, atterré. Elle continua :

— Vous savez, j'ai l'esprit large. Molnar a ses passades ; j'ai les miennes. Mais il ne faut pas que ça devienne du sérieux.

Puis, me regardant droit dans les yeux :

— Nos intérêts sont liés.

Et sans transition :

— Vous habitez près d'ici ?

— À quelques pas.

— J'aimerais venir chez vous.

Interloqué, je repris avec courtoisie :

— Je vous inviterai.

— Non, allons-y tout de suite.

Sa poitrine orgueilleuse palpitait. Son teint rose et ses petites oreilles porcines éveillaient en moi des idées de flagellation.

— Vous prendriez des risques, dis-je.

— Justement, j'aime le risque.

— Je retiens la proposition. Mais une autre fois. J'ai rendez-vous avec le conservateur du musée Jacquemart-André.

Elle me fixa avec l'œil féroce d'un oiseau de proie auquel on vient de dérober dans ses serres une souris vivante.

49

Je dînais chez Louisa, mon ex-femme. Nous avions pris l'habitude de nous voir en fin de semaine. Elle m'invitait dans sa confortable maison de Fontainebleau couverte de vigne vierge, dans un hameau situé non loin de la maison de Mallarmé à Valvins. C'était un dîner, pas un festin. Louisa n'avait pas la main heureuse en matière culinaire. Elle venait de rater l'un des rares plats qu'elle se vantait de savoir préparer : les pâtes à la carbonara. Cela n'avait pas beaucoup d'importance car je n'avais aucun appétit : je mangeais mon amertume, je me repaissais de mon désespoir. D'ailleurs, ma femme avait beau être devant moi, ce n'est pas elle que je voyais mais Helena. Il faut dire que la conversation de Louisa n'était nullement passionnante : femme positive, elle était engluée dans les questions matérielles. Elle me parlait des travaux qu'elle préparait dans la maison voisine, récemment acquise et qu'elle aménageait pour recevoir des amis. J'étais à mille lieues de ses préoccupations.

— Tu as l'air absent, me dit-elle en versant le contenu d'une boîte de thon dans un saladier.

— Ce n'est rien, juste un peu de surmenage.

Soudain, je portai la main à mon cœur : une douleur intense me fit croire à une crise cardiaque. Ainsi j'allais mourir. Cette perspective, loin de m'effrayer, m'apparut comme une délivrance.

Louisa s'aperçut de mon malaise. Elle m'aida à passer dans le salon et m'installa sur un canapé.

— Tu devrais consulter un médecin.

Je hochai la tête.

— Ce n'est pas physique.

Louisa me regarda d'un air suspicieux. Nous avions beau être séparés depuis longtemps, sa jalousie était toujours sous les armes. Un sourire trompeur se peignit sur son visage et elle me dit d'un air enjôleur :

— Tu sais que tu peux tout me dire.

Je tombai dans le panneau. Je lui racontai tout. Ce n'est que lorsque j'en eus terminé avec mes confidences que je compris mon erreur. Elle me toisa d'un air dur :

— Tu ne changeras jamais. Tu n'as que ce que tu mérites.

50

Helena était venue passer la nuit chez moi. Le Chat était en vadrouille à Nice. Quoi qu'il m'en coûtât, je m'efforçai de ne lui faire aucun reproche. À quoi servait de la mettre de mauvaise humeur ? Je ne voulais pas nuire à mon plaisir, seule lumière dans ce désert. Je faisais *bella figura.* Elle parlait peu. Elle se sentait fatiguée. Elle s'allongea sur mon lit et s'endormit. Comme elle était belle ! Je l'observais dans son sommeil, éclairée par la lampe de chevet. J'avais l'impression d'être une mère regardant son enfant. J'étais attentif à sa respiration. Parfois, sous l'effet d'un tic nerveux, elle s'agitait et relevait la tête. À d'autres moments, ses lèvres remuaient. Quels étaient ses rêves ? Rêvait-elle à moi ou à un autre ? Pourquoi n'avais-je pas le courage de la tuer ? Son adorable cou m'offrait une terrible tentation. La tuer pendant son sommeil et me tuer après. Effacer la souffrance et connaître cette pure union des âmes quand elles se séparent du corps et de la vie.

Je posai mes lèvres sur les siennes avec douceur. Elle m'étreignit avec un réflexe de coquillage sans peut-être même savoir qui elle serrait dans ses bras.

51

Je fermais les yeux. Je sentais le soleil chauffer mes paupières. Il faisait un temps délicieux. Assis devant un guéridon au café La Palette rue de Seine, je m'abandonnais au charme de cette terrasse où régnait une atmosphère de vieux bistrot : mélange de rapins, d'étudiants des Beaux-Arts, d'oisifs, de galeristes, de mannequins en quête de couleur locale. J'avais posé devant moi un ouvrage sur Ingres. Je me laissais bercer par la mélodie de Paris quand un rayon de soleil sourit dans les rues et qu'une brise tiède caresse la peau.

Un grand garçon massif et baraqué vint s'installer à la table voisine. Il était vêtu sportivement d'un pantalon en toile beige et d'une veste en velours côtelé verte. Son visage, plutôt beau, portait des marques de petite vérole. Il feuilletait un plan de Paris tout en buvant de grandes lampées de vin rouge. Bientôt, il demanda une autre fillette de vin.

Il sc tourna vers moi. À son accent je compris qu'il était étranger.

— Je cherche le Vert-Galant, me dit-il en me tendant le plan.

Je lui indiquai son chemin. Il me remercia avec effusion. Il était sympathique, cordial. Je lui trouvais un genre baroudeur. Je remarquai, tatoué sur son poignet, le chiffre 13.

— Vous êtes étudiant ? demandai-je.

— Oui, en architecture. J'aime beaucoup les monuments de Paris.

J'acquiesçai.

— Mon préféré, c'est l'hôtel des Invalides.

Je le regardai avec une sympathie accrue. J'aurais fait le même choix.

Je lui proposai de descendre la rue de Seine en sa compagnie pour lui montrer le chemin du Vert-Galant. Nous nous levâmes.

— D'où êtes-vous ? lui demandai-je pour faire la conversation tout en réglant la consommation.

— De Finlande.

Mon cœur s'arrêta.

— Et vous habitez Paris ?

— Chez ma fiancée, rue Valadon.

Je prétextai un rendez-vous oublié dans la

direction opposée. Je le saluai froidement et m'éclipsai.

C'était le Chat.

52

Vint l'épreuve, l'horrible épreuve : l'apothéose de Molnar à Beaubourg. Cette exposition, je la voyais venir comme une rétrospective de toutes mes souffrances. Tandis que je marchais sur le parvis avec autant de gaieté de cœur que si je me rendais à ma propre exécution capitale, j'observais cet intéressant monstre architectural qui semble rassembler toutes les aspirations modernistes du XXe siècle, sorte de machine vivante avec ses entrailles apparentes, ses viscères en forme de tubulures. J'espérais ne pas avoir à saluer le maître. Mais celui-ci se tenait, royal, dans son accoutrement de clown lyrique, le pantalon à grosses rayures et la blouse rouge, bien en évidence devant la porte de la galerie principale. On ne pouvait l'éviter. Ce grand paranoïaque assoiffé de compliments ne voulait pas perdre un seul éloge. La foule des invités n'en était pas avare. On le pommadait, on l'encensait, on le mignotait, on le flagornait. Son visage s'éclairait dans une expression extatique comme celui d'un vieux bébé tétant goulûment des louanges.

J'échappai à ses embrassades. Il comprit que je n'étais pas d'humeur à subir son étreinte.

Sous son sourire goguenard, je vis dans ses yeux une lueur inquiète. Je rencontrai Birgitt et son mari, non loin du maître, qui humaient l'encens de la fête comme un hommage rendu à leur divination artistique. Le mari de Birgitt semblait multimillionnairement heureux : il n'avait pas investi dans l'art à fonds perdus. Il gagnait sur tous les tableaux.

Je rencontrai Mirja auprès de laquelle je ne m'attardai pas : elle me rappelait le souvenir cuisant de mes confidences. Je ne pus éviter la Catherine II de l'agroalimentaire, tout enturbannée, emperlurée, illuminée de paillettes. Elle se promenait d'un air souverain au milieu des statues et les observait avec une expression de propriétaire satisfaite.

La seule personne que je ne vis pas était celle que je cherchais : Helena. Était-elle perdue dans la foule ou n'était-elle pas venue ? Je l'ignorais. Parcourant l'exposition d'un pas rapide, l'œil affûté, j'avais du mal à apprécier le talent de Molnar. Ou plutôt ce talent, qui était grand, je dois l'admettre, me blessait. Il était gâté par mes arrière-pensées. Ses statues de femmes nues aux formes soulignées par un artiste gourmand de leurs appas, de leurs seins, de leur sexe, de la cambrure suggestive de leurs reins me rappelaient trop mon drame personnel. Le jugement artistique s'effaçait devant la souffrance. Tout en continuant ma visite, je craignais de découvrir ce que je cherchais. Soudain, devant une ravissante statuette de la taille d'un tanagra, mon cœur s'arrêta : la jeune fille nue allongée sur le dos dans une pose abandonnée, ses longs cheveux épars, je l'aurais reconnue entre mille, c'était Helena.

53

L'horreur, c'est de s'habituer à souffrir. L'abomination, c'est de voir à quel point on peut accepter l'inacceptable. Ma dignité ! Qu'est-ce que cela signifiait ? Mirja pouvait me donner des leçons à son aise, elle n'était pas dans ma peau. Que m'importaient les convenances ! Ce feu qui me dévastait, c'était aussi celui de la vie. Je ne pouvais me passer d'Helena. Je supportais les humiliations dont je devais payer la saveur de ses lèvres, la douceur de son corps, le fulgurant plaisir de ses étreintes ! Pourquoi aurais-je dû renoncer à elle ? Et puis j'espérais. Aurais-je supporté autant d'avanies si je n'avais pas eu la conviction que, tôt ou tard, elle me reviendrait tout entière ? Hélas, non, même si je n'avais pas eu cet espoir, ma conduite n'eût pas été différente. Un instant de bonheur avec elle effaçait tout.

Ce qui m'était cruel, c'est qu'à la souffrance de savoir qu'elle me trompait s'ajoutait la confirmation d'anciens soupçons. Quand je l'appelais au téléphone et que je l'entendais répondre « il n'y a personne de ce nom ici. C'est une erreur », cela me rappelait les réponses qu'elle faisait quand je vivais avec elle et que quelqu'un l'appelait. L'autre stratagème consistait à faire répondre le Chat à sa place afin que je raccroche : c'était aussi une méthode qu'elle employait avec moi.

Mes soupçons, alors, elle les balayait d'un revers de main.

— Vous êtes toujours persuadé que je vous trompe. Si je n'étais pas heureuse avec vous, je m'en irais.

Si spécieux que fussent ses arguments, comme il était doux de les entendre alors. C'est sans doute cette même phrase qu'elle devait dire au Chat pour calmer ses soupçons quand il s'étonnait qu'il n'y eût personne au bout du fil. Une sorte de fraternité de malades s'installait ainsi étrangement entre le Chat et moi. Je le plaignais, certes moins que je ne me plaignais moi-même, mais je le plaignais comme un frère lointain qui ignorait son infortune. D'une certaine façon, il était moi et j'étais lui.

54

Un après-midi, alors que je revenais d'une promenade au Luxembourg avec Helena, elle monta dans mon appartement rue du Regard. Elle me dit sans retirer son manteau, d'un air effondré :

— Je suis trop malheureuse, ça ne peut plus durer. Je fais du mal à tout le monde. Et je me fais surtout du mal à moi-même.

Cette déclaration ne présageait rien de bon. Je pensai avec effroi qu'elle voulait rompre.

Elle se mit à pleurer. Je la pris dans mes bras

avec un sentiment bizarre de culpabilité. Comme si j'avais ma part de responsabilité dans ses larmes.

Entre deux hoquets, elle me dit :

— Le Chat en a assez d'être à Paris. Il veut rentrer en Finlande.

Cette perspective provoqua en moi un éclair de joie. Mais cet espoir s'assombrit aussitôt. Si le Chat s'en allait, qui la protégerait de Molnar ?

55

Le Chat partit en effet. Et mes alarmes se révélèrent fondées.

— Maintenant, nous allons pouvoir vivre ensemble, comme avant ? demandai-je.

— Non, dit-elle. J'ai besoin de vivre seule. Il faut que je fasse le point.

Je n'avais pas fini de souffrir.

56

Une main pesante s'abattit sur mon épaule alors que je sortais de chez moi. Je me retournai : c'était Molnar. Son Alfa Romeo gris métallisé était garée en double file avec tant de désinvolture que les voitures devaient avancer avec précaution pour pouvoir passer. Il était dans un grand état d'agitation. Jamais il ne m'avait paru aussi simiesque que dans ce grand jour ensoleillé. Son visage était parcouru de tics nerveux. Il se grattait la nuque. Selon son habitude que je n'aimais guère, il approcha son faciès de mon visage jusqu'à ce que je perçoive son haleine, comme s'il voulait me scruter au plus près. Je me reculai avec dégoût et me replaçai à distance respectable. Pourquoi insistait-il ? Il m'avait téléphoné plusieurs fois pour obtenir un rendez-vous. Il voulait une explication « d'homme à homme ». Chaque fois, je l'avais rembarré. De moins en moins poliment.

— Il faut que nous nous expliquions, dit-il en me prenant le bras.

Je me dégageai d'un geste sec. Il persista d'un ton à la fois geignard et plein d'assurance comme si je ne pouvais que me soumettre à son désir. Il continuait ses litanies. Si forte était mon exaspération que je n'en percevais que des bribes : « Je vous aime beaucoup »... « Je sais que c'est une situation difficile »... « Pourquoi insister ? »... « Montrez-vous beau joueur »... « Moi aussi, j'ai été plaqué »... « Aujourd'hui, c'est vous. Demain, ce sera moi ». Comme j'accélérais le pas pour lui échapper, il me barra le passage et me dit avec l'air sirupeux d'un proxénète levantin :

— Vous savez, les jeunes filles, c'est fragile. Il faut savoir les comprendre. C'est tout un art.

À ces mots, une fureur homicide monta en moi. Je tentai de garder mon calme. Sans doute

Molnar souhaitait-il que je le frappe. Pas seulement parce que ce colosse avait appris à se battre dans la Légion, mais pour provoquer un contact physique avec moi, une lutte dont il sortirait vainqueur. Je me gardai de tomber dans ce piège.

— Je ne veux pas vous parler. Laissez-moi tranquille, répétai-je comme une demoiselle importunée par un admirateur trop pressant.

— Vous ne voulez pas affronter la vérité.

J'accélérai le pas.

— La vérité, c'est qu'elle ne vous aime plus. Et cette vérité vous fait peur.

Sous l'effet de la fureur, je me sentis investi d'une force herculéenne. Je lui fis face et je le poussai rudement. Étrangement, ce colosse bascula les quatre fers en l'air avec un gémissement exhibant le dessous crénelé de la semelle de ses Pataugas. Tandis qu'il peinait à se relever comme un crabe maladroit renversé sur le dos, je l'entendis dire d'une voix glapissante :

— Moi qui vous prenais pour un gentleman.

Puis, toujours par terre et gigotant, il se mit à baragouiner dans un sabir où se mêlaient le finnois et le français. Il éructait. J'entendis ces mots : « Un enfant mort. » Je commençais à avoir des doutes sur sa santé mentale.

Les passants s'arrêtèrent autour de nous, croyant que l'altercation allait mal finir. Je filai sans demander mon reste.

Bientôt, l'Alfa Romeo me dépassa à vive allure. Elle était conduite par un Molnar au visage halluciné.

57

L'après-midi même, Helena était chez moi. Je ne lui dis pas un mot de la scène du matin. Encore sous le choc des horreurs proférées par Molnar, j'avais besoin de la tendresse d'Helena. Je lui proposai de passer la nuit chez moi.

— Désolée, ce soir, c'est impossible.

— Mais pourquoi ? implorai-je.

— Je dois voir Aude. Elle a besoin de me parler.

— Aude, en pleine nuit !

— Oui. Elle ne sait pas où dormir. Il y a eu une inondation chez elle. Elle vient passer la nuit chez moi.

— Mais tu n'as qu'un seul lit !

— Et alors ? Nous avons l'habitude de dormir ensemble. Tête-bêche.

58

Soupçonnant un mensonge — un de plus —, je décidai d'en avoir le cœur net. Je me postai le soir même au coin de la rue Valadon et de la rue du Champ-de-Mars. Les fenêtres de l'appartement d'Helena n'étaient pas éclairées. Je fis le pied de grue. Plusieurs heures, j'attendis, craignant autant d'être découvert que de la voir apparaître au bras de Molnar. Les passants m'observaient tantôt d'un air soupçonneux, comme si j'étais un cambrioleur, tantôt d'un œil malveillant : un amant jaloux est toujours un faiseur d'histoires qui trouble la paix des familles.

À minuit, je rentrai chez moi. Je téléphonai à Helena. Personne ne répondit. J'entendis sa voix enregistrée sur le répondeur. Je ne laissai pas de message. À deux heures du matin, j'appelai à nouveau. En vain.

Quand elle répondit enfin, le lendemain matin, elle avait une voix pâteuse. Elle semblait sous l'effet d'une drogue.

— Hier soir… Non, je n'étais pas là. Je suis rentrée à l'aube… Nous sommes allées dans une boîte de nuit… Des gens bizarres… vraiment bizarres… Non, je ne peux rien vous dire : vous êtes trop jaloux.

59

Je vais faire un aveu atroce : je regrettais le Chat. Au moins, quand il était là, mon esprit ne battait pas la campagne. Je savais où Helena passait la nuit. Le Chat parti, tout devenait possible.

60

Mme Rabinovitch exerçait ses talents dans une suite de pièces mansardées de la rue Mouffetard. Elle avait posé son jeu de tarot dépenaillé sur un petit tapis de table usé. C'était une sexagénaire au regard fatigué dont les poches sous les yeux trahissaient des relations nocturnes fréquentes avec les puissances occultes. Elle avait attrapé le rhume des foins et ses cloisons nasales étaient embarrassées, ce qui, je le craignais, risquait d'altérer ses dons de pythonisse.

— Coupez avec la main gauche. Et donnez-moi huit…

Elle éternua bruyamment.

— Pardon… huit cartes.

J'étais un peu honteux d'avoir recours à une cartomancienne. Mais j'étais sorti depuis si longtemps de l'ordre du raisonnable. J'avais largué les amarres avec le monde positif. Je ne vivais plus qu'environné de fantômes, de symboles, de signes, plongé dans un mystère insondable. La maîtrise de ma vie m'échappait. Je n'avais rien à perdre en faisant appel à cette entremetteuse avec les puissances de l'au-delà. Les ressources du réel étant épuisées, ne me restait que le recours aux arcanes de l'irrationnel.

J'étalai les huit lames du tarot devant moi.

La voyante hocha la tête d'un air peu rassurant. Elle tira un mouchoir en papier et se moucha longuement.

— Méfiez-vous ! Donnez-moi trois autres cartes,

dit-elle, les yeux pleins de larmes. Vous êtes en danger. Il y a une femme. Méfiez-vous d'elle.

Elle ramassa les cartes, les battit et replaça le jeu au milieu du tapis.

— Coupez et redonnez-moi huit cartes.

Je m'exécutai. Elle se racla la gorge.

— Vous voyez, encore le Pendu. Vous courez un grand risque.

— Pourquoi ?

— Cette femme n'a pas d'assise. Elle ne sait ni qui elle est, ni d'où elle parle. Méfiez-vous, je vois la folie.

— Que dois-je faire ?

— N'attendez pas ! Partez !

61

Je suivis son conseil. Je partis. Je pris le premier train pour Venise. Tandis que je préparais ma valise, j'avais l'impression de reconquérir l'estime de moi-même. Je retrouvais la maîtrise de ma vie. Une légère ivresse me grisait. Dès que l'Orient-Express abandonna les immeubles lépreux de la banlieue et prit sa vitesse de croisière, je me sentis heureux d'avoir échappé au péril qui me menaçait. D'avance, je voyais flamber devant mes yeux les Tintoret de la Scuola di San Rocco, les Carpaccio de la Scuola San Giorgio degli Schiavoni. Je respirais déjà l'air iodé mêlé aux miasmes de la Lagune dont j'allais emplir mes poumons sur les Zattere. Je dégustais les salades de scampi du restaurant la Madonna, près du Rialto. Venise, j'en avais la certitude, allait me sauver de moi-même. Pour guérir mon mal, je devais donner à mes pensées la direction de la beauté idéale. Il fallait à tout prix que je me dégage par l'art de ce bourbier fétide qu'était ma vie. J'éprouvais de l'enthousiasme à l'idée de cette liberté retrouvée.

Je m'étonnais moi-même de la facilité avec laquelle j'avais échappé à l'emprise d'Helena. Pour la première fois, j'allais me soustraire à l'esclavage du coup de téléphone quotidien, à la torture du « Que fais-tu ce soir ? Qui vois-tu ? », aux interrogatoires sur son emploi du temps, aux angoisses concernant ses nouvelles relations, aux suspicions multiples qu'elle suscitait.

Qu'allait penser Helena de mon départ subit ? Cela provoquerait peut-être un choc chez elle. Pour la première fois, je lui manifestais mon indépendance. J'allai même jusqu'à l'imaginer aussi ravagée par l'angoisse que je l'aurais été à sa place. Cette illusion acheva de me convaincre de l'opportunité de mon voyage.

Je dormis mal dans le wagon-lit. Les alentours de Venise me parurent encore plus sales et disgracieux que dans mon souvenir. Enfin, le *vaporetto* m'emporta et me déposa à la station Accademia. Je marchai jusqu'à la pension La Calcina. Ce jour de printemps frais et lumineux faisait baigner Venise dans une lumière de Tiepolo ; il ne manquait même pas ses gros nuages en forme d'oreillers. Je m'arrêtai sur les Zattere pour prendre un cappuccino : ce goût un peu amer du café et les moustaches de crème qu'il laisse sur les lèvres, tout en admirant l'église du Rédempteur, je me disais que c'était cela aussi le charme de Venise, autant que les Titien et les Véronèse dont je comptais bien faire une orgie.

Comme il me semblait solide, cet édifice de certitudes bâti par le spectacle de cette triomphante cité, la magie de l'eau, le carnaval des souvenirs ! Helena était impuissante à l'entamer. Il me protégeait d'elle comme une forteresse imprenable.

Le soir, je déambulai dans la Merceria. Sur la place Saint-Marc, un orchestre jouait une fadaise viennoise qui dégoulinait, sirupeuse, le long des Procuraties. Cela aussi faisait partie de la légende de Venise, avec les pigeons et les horribles verroteries de Murano. Je m'arrêtai au café Florian, station obligatoire sans laquelle j'aurais eu l'impression de ne pas être à Venise. En souvenir d'Henri de Régnier, je m'installai sous le Chinois. Je commandai un chocolat chaud.

Je devais en convenir : pour la première fois depuis longtemps, je me sentais réconcilié avec cet être tourmenté, agité, inquiet avec lequel je devais vivre, j'étais bien avec moi-même. Un jeune couple s'installa à une table en face de moi : à en juger par les mamours qu'ils se prodiguaient, des fiancés ou de jeunes mariés en voyage de noces. Ils se regardaient d'un air extasié. Ils se mangeaient le visage, affamés l'un de l'autre. Était-ce leur apéritif avant de se rendre dans leur chambre pour conclure ces préliminaires ? Je les observais à travers le jeu de miroirs qui les multipliaient à l'infini. La jeune fille, les joues rouges, semblait particulièrement ardente. Leur exhibition finit par me lasser. J'avalai mon chocolat en me brûlant la langue et je réclamai l'addition qui, comme de bien entendu, se fit attendre.

À cet instant, dans le reflet de la glace, j'aperçus un personnage qui ne m'était pas inconnu. Ce fut le geste maladroit et empressé avec lequel il mit la capuche de son duffle-coat bleu marine pour se dissimuler à ma vue qui attira mon attention. Ma présence lui était sans doute désagréable car il se précipita vers la sortie : c'était le chef du département français. « Encore plaqué », pensai-je méchamment, même si ma situation n'avait rien à envier à la sienne. La rousse avait eu sa dose de pédantisme, d'ennui, de pomme d'Adam. Cette fois encore, il me fit de la peine. Sa honte accusait ma honte. Je comprenais qu'il m'ait fui. Notre sort n'avait rien d'enviable. Il était même pitoyable. Seul à Venise ! Seul au milieu de l'arrogance des couples heureux, seul parmi les amants qui se jurent des serments éternels, qui se croient invincibles et qui ignorent avec superbe les désillusions que la vie leur réserve. Être seul à Venise, c'est être un pestiféré. J'imaginais ce que les passants et les touristes devaient penser de moi. Exactement ce que j'aurais pensé à leur place : voilà un homme qui n'a pas été capable de retenir une femme.

La place Saint-Marc était plongée dans la

nuit. Les musiciens avaient rangé leurs instruments ; les pigeons, las de se donner en spectacle, étaient allés se coucher. Les Procuraties désertes ressemblaient à un coupe-gorge. On aurait pu y croiser Casanova masqué se rendant à son casino secret. Un vent humide balayait la Piazzetta. Au loin, les lumières de Murano brillaient comme des vers luisants sur les eaux sombres de la Lagune. Le *vaporetto* me laissa au pont de l'Accademia. Je gravis les marches en bois avec peine. Une sourde exaspération me soulevait contre ce couple d'amoureux du Florian. Je m'arrêtai en haut du pont pour contempler le luisant ruban de velours noir du Grand Canal.

Soudain, un coup de poignard : Helena me manquait. J'avais un irrésistible besoin d'elle, de la serrer dans mes bras. Pourquoi n'était-elle pas avec moi pour partager ces instants de féerie ? Quelle folie m'avait décidé à me séparer d'elle ? Je me précipitai à la pension La Calcina. Je lui téléphonai. La sonnerie retentit dans le vide. J'ouvris la fenêtre : un énorme paquebot pénétrait dans le canal de la Giudecca. Illuminé, il ressemblait à un gros jouet. Il me rappela le trolleybus d'Helsinki. L'absence d'Helena m'était insupportable. Je téléphonai à nouveau. Sans plus de succès. Je ne dormis pas de la nuit. Au matin, je pris le premier train en partance pour Paris.

62

Arrivé à la gare de Lyon, je téléphonai à Helena d'une cabine.

— Ah, c'est vous, dit-elle sur un ton de déception, comme si elle s'attendait à un appel plus amusant. Justement, je pars, reprit-elle.

— Avec qui ? demandai-je fébrilement.

— Avec Aude. Je vais recueillir de la rosée à l'aube au pied du mont Ventoux.

— De la rosée ! Au mont Ventoux !

— C'est une étape importante pour la régénérescence spirituelle.

— C'est surtout ridicule.

— J'ai eu tort de vous en parler. Vous ne comprenez rien aux sciences occultes. Vous ne serez jamais qu'un indécrottable petit Français cartésien.

Puis, consciente d'avoir été blessante, elle ajouta :

— J'adore mon petit Français cartésien.

Et elle raccrocha.

63

Mon cœur battait. Je sentais ses pulsations. J'avais peur. Peur de cette aventure insensée. Peur de franchir un de ces tabous que l'éducation, les codes moraux, la bienséance avaient édifiés. Plus rien ne me protégeait. À cette peur morale s'ajoutait une autre appréhension, physique celle-là, tandis que je gravissais à pas de loup l'escalier de la rue Valadon. En regardant la fenêtre de l'appartement d'Helena plongé dans la nuit, j'avais cru distinguer la lueur d'une lampe de poche. Des voleurs s'étaient peut-être introduits chez elle en son absence. Plusieurs locataires de l'immeuble venaient d'être cambriolés. Mais l'obsession de ce que je cherchais était plus forte que tout. J'aurais affronté le diable lui-même. Au troisième palier, je glissai la main sous le tapis qui recouvrait une marche : je sentis le contact froid de la clé de secours qu'Helena laissait toujours pour le cas où elle égarerait la sienne. Je m'en saisis. Je découvris aussi un caramel enrobé dans du papier cristal qu'elle avait glissé là je ne sais pourquoi. La clé me brûlait. J'avais l'impression de détenir un objet interdit. J'avais honte. Et si je rencontrais quelqu'un ? À onze heures du soir, l'immeuble petit-bourgeois voguait à douce allure dans le sommeil. Je glissai la clé dans la serrure avec le sentiment oppressant de miser toute ma fortune sur un coup de dés. La porte s'ouvrit. J'entrai et la refermai aussitôt. Alors je fus pris de panique. Un craquement bizarre du plancher me confirma qu'un voleur était bel et bien dans l'appartement. J'avais le souffle coupé. Je m'avançais résolument lorsque je reçus un coup formidable sur le front. Assommé, je tombai sur le sol. J'entendis dans un brouillard ces mots : « Il a son compte. » Avec quoi m'avait-on frappé, une matraque, la crosse d'un revolver ? Je décidai de ne pas bouger. Un cambrioleur n'est pas forcément un assassin. Son butin en main, il allait déguerpir. Pourtant, il ne bougeait pas. Attendait-il que je fasse un geste pour m'assommer à nouveau ? De longues minutes passèrent. Je décidai de me lever. Je fis un pas dans l'obscurité. Je butai alors sur le voleur qui se tenait à quatre pattes devant moi. Je passai par-dessus lui et retombai alors brutalement sur le plancher avec un bruit sourd. Je m'attendais à recevoir le coup sur la tête que méritait mon indocilité. Mais l'individu ne bougeait pas. Soudain, alors que mes yeux apprivoisaient l'obscurité, je m'aperçus que ce voleur à quatre pattes n'était en réalité que le pouf qu'Helena avait placé devant l'entrée.

Le médiocre soulagement que j'éprouvai en voyant ce pouf n'écartait pas pour autant la présence du cambrioleur qui m'avait assené un furieux coup sur le front et avait murmuré : « Il a son compte. » Celui-là, où se dissimulait-il ? Je n'osais faire un geste. Lui non plus. Nous nous faisions face dans l'obscurité comme deux adversaires qui s'épient en silence.

Dix minutes passèrent ainsi. J'essayais de surmonter ma terreur. Parfois il me semblait entendre le souffle de mon ennemi invisible. Pourtant, ce n'était rien que le tic-tac d'un réveil dans la cuisine.

C'était insupportable. L'attente était pire que le coup que je m'attendais à recevoir. Je décidai d'allumer mon briquet. La lumière de la flamme éclaira le pouf renversé, puis, un peu plus loin, la porte du salon malencontreusement ouverte sur laquelle je m'étais sévèrement cogné. Je respirai. Mes nerfs se détendirent, laissant la place à une immense fatigue. Néanmoins, je ne pouvais toujours pas ôter de ma tête qu'un voleur extraordinairement agile me surveillait. Une sensation de brûlure me fit lâcher mon briquet. J'avais horriblement mal. Je me mis à quatre pattes pour le retrouver.

Je me levai, prêt à m'enfuir. Soudain, devant moi, je vis le cambrioleur : il me faisait face. Je fis un pas sur la gauche vers l'endroit où j'imaginais que se trouvait la porte d'entrée. Il fit également un pas à gauche. J'allai vers la droite, il se déplaça dans la même direction. Je m'aperçus alors avec soulagement que c'était mon reflet dans la grande glace du salon que j'avais pris pour le voleur. Mais je n'étais qu'à moitié rassuré. Il pouvait se trouver ailleurs. Comment en avoir le cœur net ? Je décidai d'allumer. Tant pis si j'alertais les voisins. Je cherchai à tâtons l'interrupteur. Enfin, une bienfaisante lumière éclaira la pièce. Pas de trace de voleur. J'allai dans la chambre, il n'y était pas non plus. Je fermai les doubles rideaux du salon, ne maintenant allumée qu'une discrète petite lampe. Je me sentis délivré d'un poids énorme. Et épuisé avant de commencer mon exploration. Quel sentiment étrange j'éprouvais de me retrouver de manière illicite dans cet appartement si familier ! Tout me semblait hostile. Chaque meuble, chaque objet semblait choqué de ma présence. C'est peu dire que j'avais mauvaise conscience.

J'avais franchi une de ces frontières morales que je n'avais jamais imaginé pouvoir outrepasser : ce viol d'une intimité était sans excuse. Je me sentais investi d'une mission dont l'importance vitale me faisait regarder comme une vétille mon débat de conscience.

Je me livrai à une inspection minutieuse. Dans la chambre, des vêtements jetés en désordre témoignaient d'un départ précipité. La vision du grand lit, recouvert d'une indienne, me blessa. Tant de souvenirs y étaient attachés. Mais, plus encore, le grand miroir au-dessus du lit : il me semblait qu'il gardait de manière obscène l'image des hommes qui étaient venus ici. J'ouvris le tiroir de la table de nuit. Rien d'intéressant. Ni dans la commode où s'empilaient des sous-vêtements. Je retrouvai avec émotion le terrible petit porte-jarretelles rouge. Je le serrai entre mes mains comme le vieux complice d'une autre vie.

Dans le salon, le tiroir du secrétaire était fermé. Ce qui me parut un indice prometteur. Je n'eus aucun mal à découvrir la clé dans un gobelet en argent rempli de crayons posé sur le meuble. J'ouvris grand le tiroir : il contenait un livre, le *Dictionnaire des perversions sexuelles*, et une chemise en carton sur laquelle était écrit à la main : « L'ordre des mystères d'Eulis ». Je l'ouvris et parcourus les feuilles ronéotées. L'une concernait Maria de Naglowska, disciple de Mme Blavatsky. Sur une autre feuille ronéotée s'étalait une glose ésotérique dans le genre de celle qui plaisait tant à Aude de Vaduz.

« Satan n'est nullement une puissance maléfique malgré la déplorable réputation qu'on lui a faite… Le grand arcane, c'est le rite sacré de l'amour magique… Les vrais initiés pratiquent la messe d'or, selon les rites institués par le moine Petroff hérités de la tradition maçonnique d'Europe centrale. »

Cette littérature avait le don de m'exaspérer. J'allais ranger le dossier quand une phrase soulignée en rouge me sauta aux yeux : « La rosée est la liqueur amoureuse de Satan. »

64

Revenu chez moi, je m'effondrai sur le canapé de mon bureau, aussi exténué que si j'avais couru un marathon et l'esprit autant en feu que si j'avais participé à une bacchanale avec dix Circé hystériques. Je ne me reconnaissais pas dans l'homme qui venait de forcer la porte d'une femme aimée pour tenter de percer ses secrets. Et quels secrets ! De mon expédition, je gardais un goût d'aventure folle et honteuse. J'en ramenais un curieux butin : le *Dictionnaire des perversions sexuelles* que j'avais dérobé dans le secrétaire d'Helena. Je m'y plongeais avec un sentiment de fascination et d'effroi, comme si je franchissais une nouvelle porte interdite.

65

Ce livre me faisait pénétrer dans un monde fantasmagorique. Devant ces mots aux consonances mystérieuses, j'avais l'impression de me retrouver dans la salle de l'immense aquarium tropical de l'ancien musée des Colonies à la porte Dorée, face à un ballet de créatures monstrueuses, poisseuses, qui se meuvent en silence sous la surface de la mer. Est-il possible que la nature ait enfanté autant d'animaux bizarres, aux aspects les plus divers, des plus gracieux aux plus hideux : calamars aux membranes visqueuses, poulpes prenant la teinte de la roche, poissons-chats aux couleurs exotiques, murènes aux yeux de fauve, élégantes raies valsant sous le regard maussade de mérous à la lippe mélancolique, requins-pèlerins en maraude explorant sans fin leur prison de verre ; un barracuda à tête d'assassin semblait fasciné par un hippocampe en suspension comme un point d'interrogation dans les bulles sous la lumière opaline.

J'étais fasciné par le gouffre qui s'ouvrait derrière chaque mot. Leur définition pseudo-scientifique ajoutait à leur crudité. Mais, sous les dépravations qu'ils désignaient, je cherchais je ne sais quelle obscure connivence avec Helena. Ce n'était pas par hasard si elle conservait cet ouvrage dont elle avait souligné certains passages. Aussi cette lecture était-elle à la fois excitante et douloureuse. Derrière un mot, à tout instant, je risquais de découvrir son attirance pour une perversité secrète. J'errais, affolé, dans ce lexique des avilissements allant de l'amaurophilie, pratique qui consiste à appliquer un bandeau sur les yeux de son partenaire, à la gynémimetophilie qui est l'excitation sexuelle provoquée par un partenaire masculin déguisé en femme, ou à l'odaxelagnie qui consiste en morsures infligées à un partenaire sur le dos, les fesses ou le mont de Vénus. Mais tant d'autres termes pouvaient désigner des pratiques qui séduisaient l'imagination perverse d'Helena.

J'errais dans un labyrinthe obscur. Par moments s'éclairait d'une lumière violente une scène qui semblait avoir été conçue par un metteur en scène dément. La folie me contaminait. Je devenais moi-même fou devant la vision des horreurs qui défilaient devant mes yeux. Une sombre attirance me poussait à poursuivre cette quête malsaine. Il me semblait que ces expressions d'une imagination malade allaient me permettre de résoudre une énigme. Mais j'avais beau satisfaire ma curiosité, j'étais sollicité par une autre aberration sexuelle. Je frôlais l'horreur du vice avec effroi. Les chaînes, intruments de torture et de contention, n'avaient rien de réel. Comme les masques et les phallus en plastique, elles n'étaient que les accessoires d'une cérémonie symbolique. Pourquoi mettaient-elles mon imagination en feu ? La profanation, le blasphème, l'humiliation des corps, ces vierges qu'il fallait soumettre au fouet, à la morsure d'un chien ou d'une tenaille brûlante, figuraient un carnaval burlesque qui contenait une vérité violente dissimulée sous la fadeur des apparences amoureuses. Une géologie des profondeurs de l'inconscient. Une scène ressuscita soudain de mon passé : la gifle que j'avais reçue de ma mère parce que je l'avais observée sous la douche. Mais surtout mon humiliation et, pire, le plaisir coupable né de cette humiliation même.

La définition du masochisme me retint : « Goût de la soumission envers un partenaire et un désir de souffrance infligée par lui… Le masochiste s'avilit pour élargir la distance entre lui et son idéal. Ces êtres sont incapables d'un amour réel. Leur besoin d'idéal se concrétise dans un fragment de réalité qui devient le point de départ d'imaginations idéales sans fin… »

Plus j'avançais dans ce livre, plus les monstruosités qu'il décrivait me grisaient et me dégoûtaient. Ce monde que j'explorais semblait sans frontières, ouvert sur l'infini. Les perversions et les jeux qui s'y côtoyaient me renvoyaient une vision souterraine du monde dont je soupçonnais les obscurités sans parvenir à croire à leur réalité.

Soudain s'éleva dans la pièce la musique du *Miserere* d'Allegri. J'avais machinalement mis en marche mon lecteur de DVD. La voix des moines portait ce chant céleste tandis que j'avais l'esprit encore remué par les navrantes et fabuleuses bizarreries de l'amour. Ce chant religieux faisait irruption dans mes pensées très profanes et, loin de m'apparaître comme un blasphème, il m'apportait une étrange délivrance. J'avais besoin de cette eau pure. Je refermai le livre. Je haussai le son. C'était la voix des anges que ces moines hissaient vers le ciel. Et Helena m'apparut humaine et pathétique dans ce climat de mystère, tiraillée entre la pureté mystique et de grouillants démons. Je murmurai :

— *Miserere* : aie pitié de moi.

66

J'attendis le retour d'Helena. Que pouvais-je faire d'autre ? Je me promis d'avoir une explication sévère avec elle : comment pouvait-elle être assez naïve pour tomber dans le piège de ces saturnales ? Bien sûr, j'incriminais Aude de Vaduz, son mauvais génie. Je comptais bien lui interdire de s'adonner à ces pratiques magiques qui risquaient de faire d'elle la proie de charlatans. Très vite, mes résolutions faiblirent. Ma fureur retombée, je n'avais plus envie d'admonester Helena, mais de la serrer dans mes bras. J'étais inquiet, impatient, angoissé. Pendant près d'une semaine, elle ne me donna aucun signe de vie. L'inquiétude l'emportait sur la colère. J'étais prêt à tout comprendre, donc à tout pardonner, à la condition qu'elle revînt. Une idée folle me traversa : peut-être avait-elle pris prétexte de cette escapade au mont Ventoux pour me quitter ? Alors que quelques jours plus tôt je faisais le procès de son inconstance, c'était à moi maintenant que j'adressais des griefs : tout cela n'était-il pas ma faute ? N'étais-je pas responsable de sa conduite ? J'avais refusé de la protéger quand elle me l'avait demandé et j'en subissais le châtiment. J'étais l'instrument de son malheur et du mien. Le *Miserere* d'Allegri m'élevait dans sa sphère aérienne. Je me mis à prier. Que pouvais-je offrir à Dieu en échange de son retour ? Le Ciel était fermé à mes plaintes. Autour de moi, la nuit s'épaississait, cette nuit morale où tout espoir a fui. Et vint la tentation. Je la sentais depuis longtemps rôder autour de moi, tantôt effrayante comme un spectre, tantôt aguichante comme une promesse de délivrance.

67

Des vagues de désespoir m'assaillaient. J'éprouvais l'ivresse d'être tombé au plus bas de moi-même. Trop de souffrance me faisait voir avec soulagement un monde où je ne souffrirais plus. Je haïssais Helena pour le mal qu'elle me faisait. J'aurais pu la tuer. Mais on ne peut pas tuer une ombre, une absence. Je m'enorgueillissais de ma vengeance. J'étais devenu plus fort qu'elle. Moi aussi, j'allais lui jeter au visage mon ombre absente.

Toute ma vie s'éclairait de la douce lumière noire de ma disparition. Je m'effaçais. Je songeais aux réactions de mes proches : l'affolement de ma secrétaire, l'agacement résigné de ma femme, la perplexité de Mme Delachenal qui devrait se mettre en quête d'un nouveau directeur. Puis, de ces cercles éloignés, je revenais par la pensée au centre, au cœur, à Helena.

Quelle serait sa réaction ? Tristesse d'avoir perdu son jouet favori ? Culpabilité ? Peut-être tenterait-elle d'entrer en contact avec mon ombre par je ne sais quel nécromancien amateur de tables tournantes ? Irait-elle recueillir de la rosée à l'aube, près de ma tombe, pour y goûter la saveur de mon être dans son avatar de l'Au-Delà ? La mort ne m'effrayait pas. C'était la mère. La première mère m'avait donné la lumière, la seconde m'ouvrait ses bras de ténèbres.

Je m'imaginais préparant le sac en plastique qui allait me délivrer de la vie. Il enveloppait un pull-over, cadeau d'Helena. Ce moyen d'en finir m'avait été inspiré par Jerzy Kosinski, l'auteur de *L'Oiseau bariolé,* qui avait mis fin à ses jours en s'asphyxiant. Tout le monde n'a pas le courage de se défenestrer comme le docteur de Martel ou de se tuer d'une balle de pistolet dans la bouche comme Henry de Montherlant. Ce sac en plastique manquait de romantisme. Mais une seule chose m'importait : cesser de souffrir.

Au moment d'accomplir ce geste final, je savais ce que j'éprouverais : une grande tendresse mêlée de pitié. Ainsi ma vie désordonnée aboutissait à ce départ avant terme. Je voyais déjà s'éloigner avec une indifférence philosophique tous les personnages et les enjeux de mon existence. Ils s'effaçaient. Je ne croyais plus à rien. Helena elle-même semblait abstraite, décolorée, vidée de son sens. Pourtant, c'était elle que je voulais atteindre.

J'imaginais l'obscurité, le contact du plastique qui devait produire une impression désagréable. Il ne fallait pas chipoter. J'avais la sensation d'engouffrer ma tête dans le sac en plastique lorsque le téléphone retentit. Je le laissai sonner plusieurs fois. Puis l'idée qu'il s'agissait d'Helena eut sur moi un tel effet que je m'accordai un sursis : je décrochai. C'était elle. Sa voix était tendre et chaleureuse.

— C'est moi. Vous m'avez manqué. Je me sens perdue.

La perspective de faire l'amour avec elle me parut plus séduisante que la mort. Mentalement je pliai soigneusement le sac en plastique. Il pourrait toujours resservir.

68

Miracle de l'amour : une heure avant, j'étais au bord de la mort et maintenant, j'étais heureux. Je fumais une cigarette devant la fenêtre ouverte. La rue du Regard déserte sentait le charbon de bois. Helena prenait un bain. La nuit tombait, apportant un frisson de fraîcheur dans la chaleur de l'été. J'étais heureux. J'étais vivant et je ne comprenais même plus les raisons qui m'avaient incité à mourir. Cet homme-là qui voulait disparaître était bizarrement mort. Étranger à moi-même.

J'allai contempler Helena dans son bain. Comme elle était belle ! Bien sûr, elle me mentait. Mais sa peau, sa beauté ne mentaient pas. Qu'importait le reste : la rosée du mont Ventoux, les illuminés des mystères d'Eulis, Mme Blavatsky et Maria de Naglowska. Je m'approchai d'Helena : elle pleurait.

69

La tête posée sur ses cuisses nues, je rêvais. Quelle étrange pensée douce et sauvage m'inspirait ce sexe en gros plan devant moi, petit rectangle de lichen qui ouvrait sur la perspective de son ventre plat et musclé, de la légère excavation de son nombril et de ses petits seins très droits en forme de minuscules obus. Ce sexe étrangement vivant me semblait distinct du reste de son corps. À quoi songeait-elle tandis que je laissais errer mes pensées ? Elle aimait être admirée, désirée. Sans doute comme un chat, appréciait-elle la caresse de mon regard sur elle. C'est à son sexe que ma pensée s'arrimait comme à un dur et doux mystère. Ce sexe qui m'appartenait, auquel me liaient tant de voluptés mais que je savais si volage. L'idée que tant d'autres hommes avaient pu en user me blessait comme si on me volait un bien inaliénable.

Quelle violence somnolente se dissimulait

sous la douceur de ce sexe dans ce bref instant après le plaisir, où je ne brûlais pas de le posséder ! Il continuait de m'affoler par la servitude qu'il m'imposait. Lentement, j'avançai ma bouche vers sa toison râpeuse et, sous la pression de mes lèvres, il exhala un arôme de pain chaud et une saveur salée de coquillage.

70

Comme la vie est belle quand on a failli mourir ; quel bonheur de remonter à la surface ensoleillée après avoir touché le fond du malheur. Jamais je n'avais savouré l'existence avec autant d'intensité. J'étais ivre de la vie autant que je l'avais été de l'idée de ma mort. Un printemps impétueux s'éveillait en moi. J'avais oublié la nuit.

71

Et puis il y eut l'affaire Jim.

Un jour que nous nous promenions sur les bords de la Seine après avoir visité une exposition au Grand Palais consacrée à Cézanne, Helena me demanda :

— Vous connaissez un éditeur qu'on appelle Jim ?

— Bien sûr, tout le monde le connaît.

Avec prudence, je me retins d'exprimer les sarcasmes que m'inspirait ce bellâtre. Sous un air jovial et une exubérance chaleureuse, il dissimulait une nature chafouine et aigrie. J'avais des raisons personnelles de frémir chaque fois que l'on prononçait son nom. Il était lié à un épisode douloureux de ma vie. Une affaire dont lui-même ne mesurait peut-être pas l'ampleur, qu'il avait sans doute oubliée mais qui, moi, continuait de me ravager.

— Aude voudrait le rencontrer.

Je ne laissai rien voir de mon trouble.

— Mais pourquoi Jim ?

— Elle a écrit un essai sur le tantrisme. Il dirige une collection d'ouvrages consacrés à la spiritualité. Il faudrait que vous organisiez un déjeuner avec lui.

— Je ne suis peut-être pas le mieux placé...

Helena me jeta un regard glacé. Puis, d'une voix cassante :

— Alors je demanderai à quelqu'un d'autre...

Bien sûr, je cédai.

72

Il faisait beau à la terrasse de la Closerie des Lilas. Un chaud soleil de juin créait une atmosphère d'été. À l'abri des buis nains, les nappes blanches du restaurant réverbéraient une lumière aveuglante. On percevait l'haleine âcre du boulevard Saint-Michel chargée de pollens et de gaz d'échappement. Aude de Vaduz ne semblait guère sensible au service que je lui rendais : revêche, cassante, un rien méprisante, son attitude paraissait me dire « Je sais bien que ce n'est pas par amitié pour moi que vous avez organisé ce déjeuner : donc je ne vous dois rien ». Elle n'avait pas tort.

Je ne pénétrais jamais dans ce restaurant sans un serrement de cœur. Je me souvenais des pages poignantes écrites par Hemingway sur la rénovation après la Grande Guerre de ce vieux bistrot parisien et l'humiliation des garçons de café desquels la nouvelle direction avait exigé qu'ils se rasent les moustaches de hussard dont ils étaient si fiers.

Aude de Vaduz, tout à son sujet, parlait avec componction de son ouvrage ésotérique. Selon elle, il devait révolutionner l'approche de la religion tantrique qui mêle la spiritualité et la sexualité la plus débridée. Avec aplomb — elle n'en manquait pas —, elle assenait les arguments de son livre qui allait remettre à zéro les thèses savantes d'Otto von Bomberg, de Karl Fritsche, autant d'éminents érudits qui avaient examiné de leurs lorgnons embués les statues et les bas-reliefs érotiques de Khajuraho.

Jim, vêtu d'une chemisette rose à col ouvert qui exhibait son cou de bellâtre sur le retour, prêtait une oreille distraite et un œil morne de poisson bouilli à ce salmigondis de propos hermétiques. Régulièrement il tournait la tête et scrutait Helena ardemment. Sous ce regard dur, insistant, elle s'éclairait de cette lumière particulière que je lui connaissais quand elle prenait conscience de son pouvoir de séduction. Elle avait beau feindre d'écouter les fastidieuses explications de son amie, tout dans son visage, ses yeux plissés comme ceux d'un chat que l'on caresse, l'esquisse de sourire à la commissure des lèvres, sa respiration courte, exprimait le bonheur d'être désirée. Jim, qui percevait le trouble qu'il provoquait, faisait semblant de la délaisser pour se réintroduire dans la conversation, sachant qu'elle guettait le retour de son regard dur ; et, quand il revenait vers elle, elle s'éclairait à nouveau comme si elle avait craint que ce regard désiré se fût enfui à jamais. Je sentais naître entre eux une sourde connivence. Ce va-et-vient était plus indécent que s'ils s'étaient fait du pied sous la table.

Le déjeuner se termina. On servit le café.

— Mon livre vous intéresse ? demanda Aude à l'éditeur avec un sourire crispé qui dissimulait mal son air rogue.

— Passionnant, dit Jim qui était passé maître dans l'escroquerie sentimentale et l'enfumage des auteurs. Il faut qu'on se revoie pour signer un contrat. Et la documentation ? Peut-être votre amie pourrait-elle s'en charger, elle a l'air si intelligente.

Et il se tourna vers Helena.

Le visage d'Helena s'illumina de satisfaction.

Elle n'avait pas dit un mot de tout le déjeuner. Mais son amour-propre était délicieusement caressé par cet hommage que Jim lui rendait en préjugeant si favorablement de son intéressant silence. Si vif que fût son désir de rendre service à Aude, il était supplanté par cet instinct qui la dominait : sentir frémir le désir d'un homme.

73

Quand je me retrouvai seul avec Helena sur le boulevard du Montparnasse, je laissai libre cours à ma fureur.

— Tu crois que je n'ai pas vu ton jeu ?

— Quel jeu ? dit-elle en m'adressant un regard plein de candeur.

— Tu ne vois donc pas qu'Aude est en train de t'échanger contre la publication de son livre.

Elle me toisa, méprisante.

— Comment pouvez-vous imaginer des choses pareilles ?

— Je suis réaliste.

— Vous avez toujours détesté Aude. Vous voyez le mal partout.

74

Le déjeuner à la Closerie des Lilas avait ravivé ma vieille blessure. Jim me rappelait un souvenir atroce. Au sortir de l'adolescence, j'étais étudiant en histoire à la faculté de Jussieu. J'avais pour ami Tristan de P. Oui, l'écrivain, le célèbre Tristan de P. Alors, personne n'aurait misé un sou sur son avenir. C'était un élève moyen, peu assidu. Son principal atout était la formidable confiance qu'il avait en lui-même. Sans être beau, il séduisait pour cette raison aussi : il parvenait à convaincre aussi bien les femmes que les hommes du bien-fondé de ce qu'il exigeait d'eux. Il était irrésistible. Une nature impétueuse, tout comme devait l'être Molnar dans sa jeunesse, avant d'être devenu un insupportable cabotin. C'est aussi pour cette raison que je détestais Molnar.

L'un et l'autre nous rêvions d'écrire. Nos tentatives se révélaient tout aussi désespérantes. Sans doute avais-je sur lui l'avantage du talent, de la culture. Mais il me dominait par sa certitude qu'il m'était supérieur. Il avait même réussi à m'en convaincre.

Au cours de notre première vraie discussion devant un guéridon en marbre et un chocolat chaud au café le Select, il m'avait épaté par un de ces paradoxes qu'il maniait en virtuose : « Pour être un écrivain il suffit d'avoir écrit une seule belle phrase. » Et aussitôt, fermant les yeux — le comédien prenait toujours le dessus chez lui, même dans ses accès de sincérité —, d'une voix douce, il avait dit cette phrase « l'arôme des feuilles mortifiées par la pluie ». Si fort qu'ait été mon désir de le contredire — et je ne m'en privai pas — je dois avouer que la citation me troubla. Je la gardai en tête comme une mélodie. Entre nous elle était devenue un signe de connivence. Quand un professeur nous assenait son jargon filandreux, lorsqu'un de nos amis nous soumettait sa prose absconse et prétentieuse, l'un de nous murmurait « l'arôme des feuilles… » et ces mots magiques nous isolaient comme le fil d'or d'un conte dans une île merveilleuse régie par la poésie et préservée des barbares.

Un jour, il me montra un manuscrit qu'il venait de terminer. Je fus époustouflé : ce roman d'une écriture mal peignée avait une force peu commune. Il était hirsute, boursouflé, redondant. Je le jugeai comme l'une de ces œuvres de jeunesse, prometteuse mais indigne d'une publication. Cette lecture eut pour effet d'accélérer le roman que j'avais en chantier.

Tristan de P. essuya plusieurs rebuffades de la part des éditeurs. Dans mon for intérieur, je ne pouvais pas leur donner tort. Ce roman était au mieux une promesse. Mais mon ami montra alors toutes les ressources dont il était capable : loin de se laisser abattre par le refus des éditeurs, par mes critiques sévères, même si elles étaient assorties de paroles consolantes, il s'obstina. On aurait dit que l'adversité le dopait. Il ne lâchait pas prise. Il s'acoquina avec Jim, jeune éditeur arriviste et nonchalant qui flaira le jeune auteur d'avenir. Au cours d'un déjeuner, je dissuadai

Tristan de P. de signer le contrat qu'on lui proposait.

— Attends, lui dis-je, d'avoir écrit un vrai grand roman. Celui-là n'est qu'une ébauche. Tu vas décevoir.

Et, pendant que je lui donnais ce conseil si raisonnable, si amical d'apparence dont je n'imaginais pas un seul instant qu'il pût le suivre, je m'aperçus avec effroi que ce n'était pas seulement pour le bien de mon ami que je plaidais mais pour moi-même : ce livre serait mon arrêt de mort littéraire.

En effet, la perspective de la publication de son roman, de son éventuel succès tarit aussitôt en moi l'envie même d'écrire. Loin de me stimuler, elle me paralysait. Dans ce rêve d'écrire, l'un de nous était de trop. Il ne serait jamais venu à l'esprit de Tristan que c'était lui. Et si ce n'était lui, c'était moi.

La suite est connue : Tristan de P. a remporté d'éclatants succès, ses romans ont été couronnés par des prix littéraires. On le reconnaît dans la rue. Il existe. Notre amitié survécut encore quelques années à sa gloire et à ma honte. Son succès me faisait mal. Les critiques qu'on lui adressait me procuraient un plaisir malsain. Pour un motif futile, je décidai de rompre cette amitié qui était l'occasion de trop de tortures. Mais, loin de lui, son succès ne cessait de me poursuivre. Il accusait mon échec et réveillait mon sentiment d'insuffisance. Je ne le voyais plus en face de moi, rayonnant, solaire, poursuivant son chemin dans la lumière. C'était pire. Depuis notre rupture, il était présent derrière moi comme une ombre malfaisante. Je m'efforçais de le fuir, il s'accrochait à moi. Il voulait me garder comme le témoin de son ascension. Plusieurs fois, il tenta de renouer. Je ne voulais plus entendre parler de lui, ni de Jim, son compère qu'il avait entraîné dans son succès. Mais son image était à jamais fixée entre moi et ma vraie vie qu'il m'avait volée.

75

Je butai sur Mirja à la sortie d'un cocktail à l'ambassade de Suède. Je la fuyais depuis que j'avais pleuré dans ses bras. Mais, là, je ne pouvais reculer. Elle devait sentir ce refroidissement. Elle m'emprisonna dans son regard bleu.

— Nous vous avons regretté l'autre soir chez Birgitt, dit-elle, mi-aimable mi-perfide.

Je frémis. Depuis longtemps je sentais s'épaissir autour de moi un mur de solitude. On m'invitait moins. Un amoureux n'est pas fréquentable. Peut-être étais-je devenu trop sombre, asocial. Étais-je pour autant devenu grincheux ? Je sentais obscurément que mes relations d'autrefois, comme Birgitt, me délaissaient alors même que je ressentais douloureusement le besoin de leur affection.

— Chez Birgitt, répétai-je pour me convaincre de ma déréliction.

— Elle a fait une fête en l'honneur de notre petite Finlandaise. On m'a dit que vous aviez pris vos distances avec elle, mais ça ne me regarde pas. Tout le monde se l'arrache, vous pouvez en être fier. C'est à vous qu'elle doit son succès.

— Je regrette. J'ai eu un empêchement.

Je mentais effrontément.

— Dommage, tous vos amis étaient là.

— Qui y avait-il ?

— Molnar, Mme Delachenal, Aude de Vaduz et puis un éditeur, un très bel homme. Un nommé Jim : vous le connaissez ?

76

Je songeais à avoir recours au sac en plastique que j'avais soigneusement rangé dans un tiroir. Mais, mû par un réflexe de survie, mon esprit prit une nouvelle direction.

77

Dès lors, je pensai sérieusement à la tuer. Quelle autre issue donner à la haine qui brûlait en moi ? Ne pouvant la quitter, n'étant pas parvenu à mourir, c'était la seule manière de sortir de l'impasse. Haïr qui on aime, détester ce à quoi on tient plus que tout, effacer de l'existence sa seule raison de vivre, ces contradictions étaient absorbées par la passion. Mon cœur brûlant et froid, tyrannique, me représentait soudain ce parti comme le plus raisonnable. La prison ne m'effrayait pas. Quelle prison était pire que la mienne, ce cachot sans espoir où je croupissais, nourri d'humiliations, de souffrances, de trahisons ? Une prison où ne luisait qu'une seule lumière : ces moments foudroyants de tendresse qu'Helena m'accordait pour me garder à sa merci. Rien de plus glacé que ce plaisir furtif. En la tuant, je la posséderais à jamais. Elle ne me trahirait plus. Je vivrais avec son ombre douce et apaisée. Notre amour deviendrait aérien, sans sa substance charnelle qui me faisait souffrir. Oui, la tuer comme on prend une dose de morphine.

78

Pour commettre un crime, il faut avoir un futur cadavre sous la main. L'absence sauva Helena. Ou ma paresse ? Ou mon irrésolution ? Ou un éclair de lucidité. Si je la tuais, son souvenir continuerait à m'obséder. Éclatée dans l'espace, elle me hanterait. Elle vivrait en moi avec en plus toutes les ronces de la culpabilité. Ma rupture avec Tristan de P. m'avait montré l'inanité de ce genre de décision. Car je l'aurais volontiers tué lui aussi. En ne le voyant plus, j'avais cru me débarrasser de cette amitié barbelée. Loin de disparaître, jamais il n'avait été autant présent. On peut échapper à un être de chair pas à un fantôme.

79

Pourquoi avais-je accepté ce dîner organisé par la revue *Polyxène* ? Jusqu'au dernier moment, j'espérais pouvoir me décommander. J'attendais un coup de téléphone d'Helena. Il n'était pas question de balancer une seconde entre elle et un dîner. Quant à l'y emmener, il n'en était pas question : je ne voulais plus servir d'entremetteur à mes dépens. À huit heures du soir, toujours pas de nouvelles. Par peur d'avoir à affronter la solitude, je me rendis rue de Verneuil. Un incendie, la veille, chez Deyrolle rue du Bac diffusait dans l'atmosphère une odeur âcre de fumée refroidie.

Je me glissai au milieu de cette faune banale à force de cultiver le goût du bizarre, qui présentait des échantillons de toutes les professions délirantes : journalistes d'art, couturiers, longs mannequins nordiques aux grands yeux perdus. Je ne me sentais pas beaucoup d'entrain pour lier conversation. Une musique tympanisante n'y incitait guère. Et puis il y avait trop de monde. On se cognait, on se bousculait pour atteindre un buffet étique de canapés recroquevillés et de petits-fours avachis. Je me heurtai à une grande goélette somnambulique, perdue dans un rêve qui, en guise d'entrée en matière, renversa son verre de champagne sur mon pantalon, puis la cohue me poussa contre un gigantesque oiseau noir en redingote avant qu'un courant me propulse entre deux critiques pédants embourbés dans une discussion fumigène.

De toute façon, je n'avais qu'une pensée en tête : que faisait Helena ? Pourquoi ne m'avait-elle pas appelé ?

J'avais un air suffisamment patibulaire et réfrigérant pour que personne ne songeât à m'adresser la parole. Rassasié de bruit, d'apophtegmes prétentieux, de paradoxes sentencieux, je m'apprêtais à partir. Une jeune femme s'approcha de moi.

— Pardon de vous aborder, mais je ne connais personne.

Sa franchise me plut.

— Je ne connais pas grand monde non plus. Comment vous appelez-vous ?

— Victoria.

— J'ai connu une Anglaise qui portait ce prénom.

— Une Anglaise ? Et je lui ressemble ?

— Non, dis-je, elle ne ressemblait à personne.

Vingt minutes plus tard, nous en arrivâmes à la conclusion que cette fête, décidément, ne nous amusait pas. Je l'emmenai dîner chez Ravi, un restaurant indien. Je l'observai : était-elle belle ? Elle avait des cheveux noirs, un air contrit, des gestes empêtrés de timide. De toute façon, je ne désirais qu'une alliée pour lutter contre ma solitude. Elle était juriste et travaillait dans un cabinet d'avocats. Après le dîner, nous nous promenâmes boulevard Saint-Germain, dans l'air empesté par les gaz d'échappement. Nous fîmes halte à l'Old Navy, un café peuplé de supporters braillards et excités de je ne sais plus quelle équipe de foot. Je lui offris une coupe de champagne. À cet instant, tandis que d'un geste félin elle dégageait ses longs cheveux, je la trouvai belle et désirable. Je le lui dis. Elle sourit d'un air triste et modeste.

— Je ne vous demande pas si vous voulez prendre un dernier verre chez moi.

— Pourquoi ne me le demanderiez-vous pas ? dit-elle en me fixant d'un regard plein de franchise et de fierté.

— Alors partons.

Nous nous retrouvâmes dans mon lit. Elle ne fit aucun chichi. Au contraire, elle devançait mon désir. Nous nous étreignîmes avec une fougue triste. Je pensais à Helena. Ce n'était pas elle que je trahissais, c'était moi. Victoria avait un corps magnifique, tout en longueur et en muscles, avec des attaches délicates. La musique d'Allegri versait sur nous le chant funèbre du *Miserere*, ce chant qui tant de fois avait bercé de sa mélopée mes ébats avec Helena. Je sentais le regard d'Helena sur moi : qu'observait-elle ? Le corps magnifique d'une rivale, mon pauvre élan vers le plaisir, mon effort désespéré pour l'oublier ? Tout cela peut-être, mais aussi le gâchis amer de nos vies.

— Vous allez mal me juger, dit-elle, j'avais tellement besoin de serrer quelqu'un dans mes bras.

— Nous en sommes tous là.

— Oui, mais ce soir, j'avais une raison : j'ai été quittée par un homme que j'aimais. C'est dur. Surtout après cinq ans.

Elle éclata en sanglots.

80

Pourquoi les décisions les plus importantes de notre vie se jouent-elles en quelques jours pour des raisons hasardeuses ? Helena eût-elle été libre les jours suivants, je n'aurais probablement pas revu Victoria. Son souvenir eût rejoint celui de ces belles épaves qui viennent échouer dans nos alcôves de tristesse. Longues créatures inquiètes qui mettent leur cœur à nu pour apaiser je ne sais quelle secrète détresse qu'elles dissimulent sous la fanfaronnade du libertinage. De lit en lit, elles s'acharnent à se déposséder d'elles-mêmes. Victoria était sur la voie de cette perdition. Je ne la revis que parce que la défection d'Helena me laissait le champ libre. Son malheur m'attacha. La pitié que j'éprouvais pour elle avait une trouble correspondance avec la pitié que je m'inspirais à moi-même. Nous étions deux noyés s'agrippant l'un à l'autre.

Je trouvais en elle ce qui me manquait avec Helena : elle avait besoin de moi. J'avais recueilli un bel oiseau tombé du nid, tout cassé, dont je soignais les blessures. Et les mystères du lit nous enserrèrent dans leurs liens ténébreux. Helena ne m'apportait que des tempêtes. Victoria me procurait cette douce paix qui plane, le soir, sur les ruines.

81

Helena, avertie par je sais quelles antennes, sentit qu'un danger nouveau se présentait. Elle se montrait amoureuse et recommençait à esquisser des projets de vie commune. En stratège, elle tâtait le terrain. Nous prenions un verre au Select assis sur une banquette que nous partagions avec un couple ostensiblement illégitime. Ils portaient des lunettes de soleil à sept heures du soir. À leur conversation, je compris qu'ils étaient mariés l'un et l'autre, mais pas l'un avec l'autre.

— Comme nous sommes bien ensemble, dit Helena qui s'épanchait rarement sans arrière-pensée.

— Oui, merveilleusement

Je me tenais sur mes gardes.

La voix de l'homme aux lunettes noires : « Tu en as parlé à ton mari ? Qu'a-t-il dit ? » La femme : « Tu es fou. Il n'est pas si bête. »

— Quel dommage que cela ne puisse durer, reprit Helena avec un soupir en jetant vers l'avenir un désarmant regard bleu.

— Cela ne tient qu'à nous.

— À vous ! dit-elle sèchement.

— À toi !

L'homme aux lunettes noires : « J'ai dit que j'avais un séminaire jusqu'à jeudi. » La femme : « Et elle t'a cru ? Moi je n'aurais jamais avalé ça. »

— Vous les hommes… reprit Helena.

Je m'énervai.

— Assez avec ces généralisations !

— En finnois on emploie indifféremment le singulier et le pluriel.

— Trop facile.

— C'est curieux comme vous vous empêchez d'être heureux avec une femme. Comme si vous aviez peur de vous engager.

— Je me suis déjà engagé.

— Cela ne vous tente pas d'essayer à nouveau. Qui sera là pour s'occuper de vous dans vos vieux jours ?

Je connaissais la chanson.

— Je ne ferai peut-être pas de vieux os.

— C'est surtout quand un homme vieillit qu'il a besoin d'une femme.

Son manège aux ficelles trop visibles m'agaçait.

— Je préférerais une femme que je ne partage avec personne.

— Il faudrait que vous donniez l'exemple.

— L'exemple !

— L'exemple de la fidélité. C'est important pour une femme d'avoir un homme fidèle.

La femme aux lunettes noires : « Il est horriblement jaloux. Une fois, il m'a fait suivre par un détective. Ça a été affreux. » L'homme : « Je vois que ce n'est pas la première fois que tu le trompes. » La femme : « Puff... Je n'étais même pas amoureuse. »

Une sourde fureur m'envahissait. Je lui posai la question qui me brûlait et dont j'appréhendais la réponse car quelle qu'elle fût je ne l'aurais pas crue.

— Tu ne vas tout de même pas me dire qu'il n'y a pas un autre homme dans ta vie ?

— Et votre femme, vous la comptez pour rien ?

— Peux-tu me jurer qu'il n'y a personne ?

— Moi, je n'ai pas besoin de vous faire jurer pour savoir que vous voyez toujours votre femme.

— Ma femme ne compte pas.

— Les hommes disent toujours ça.

— Cette fois, c'est vrai.

— Alors moi non plus je n'ai pas d'autre homme, pas d'autre homme qui compte.

— Qu'est-ce que ça veut dire un homme qui compte ?

— Un homme avec qui on voudrait faire sa vie.

— Et un homme avec qui on couche ?

— Tantôt ça compte, tantôt ça ne compte pas. Nous les femmes…

— Assez de généralisations. Je suis moi, tu es toi. Nous ne sommes pas des moutons.

Elle se tut, l'air pensif, et changea de tactique.

— Quand je pense que vous vous prenez pour un passionné.

— Je le suis.

— Passionné, vous parlez. On dirait un marchand de tapis du bazar de Marrakech qui calcule…

— Tu es allée à Marrakech ?

— Mais non, c'est une image.

— C'est la seconde fois que tu me parles de Marrakech. Avec qui y es-tu allée ?

— Vous éludez toujours les questions qui vous gênent. Qu'est-ce que ça peut faire que je sois allée à Marrakech ? Si je voulais vous tromper je n'aurais pas besoin d'aller si loin. Nous parlons de l'avenir.

— Parlons d'abord du présent. On ne construit rien sur des mensonges.

— Ce n'est pas parce que vous êtes jaloux que vous êtes fidèle.

— Réponds-moi, est-ce qu'il y a un autre homme ?

— Il n'y a que vous d'important.

L'homme aux lunettes noires : « Il vaut peut-être mieux que tu sortes la première. Si jamais ton mari te fait suivre par un détective… » La femme : « Je divorcerai et tu m'épouseras. »

L'homme : « D'accord, mais il vaut quand même mieux que tu sortes la première… »

Nous tournions en rond, Helena et moi. Mais soudain j'avais l'impression que tout le monde aussi tournait en rond comme une bille noire affolée sur le plateau d'un immense jeu de roulette.

82

Helena au téléphone.

— Je suis malade. J'ai mal au ventre. Venez !

Je la trouvai pâle, recroquevillée sur le canapé en velours défraîchi de son salon. Je revenais à contrecœur dans ce petit appartement rempli de fantômes. Mon malheur collait aux murs, à la moquette beige, aux tableaux, au secrétaire Regency devenu mon ennemi personnel. Tout dans cet appartement me faisait mal. Et puis j'y retrouvais ma honte : je n'y étais pas revenu depuis que je m'y étais introduit en fraude. Je m'écorchais à chaque pas.

Helena parlait d'une voix lasse. Des bâtonnets d'encens diffusaient une odeur sucrée.

— J'ai très mal.

Puis, sans transition, elle dit avec un rire nerveux :

— Peut-être que je suis enceinte.

Je frémis. Il ne manquait plus que cela.

Je tentai de la prendre dans mes bras.

— Non. Je suis trop mal.

Le téléphone sonna. Je vis dans ses yeux une lueur mensongère.

— Ce doit être ma mère. Je n'ai pas envie de lui parler.

Pensait-elle encore que je la croyais ? La sonnerie du téléphone retentit à nouveau, insistante dans le silence. Elle feignait de ne pas l'entendre. Elle ne changerait jamais. Pour la première fois, je ne m'agaçai pas de ses simagrées. Je sentis même poindre en moi un sentiment nouveau : l'indulgence.

83

Un mois passa. Je m'attachais de plus en plus à Victoria. Le besoin animal qu'elle avait de moi me rassurait. Je commençais à prendre mon parti de l'instabilité d'Helena. Je l'acceptais avec fatalisme comme un natif des tropiques se résout à vivre au pays des typhons et des raz de marée. Son jeu provoquait en moi moins de souffrance que de lassitude. Quelque chose dans la mécanique amoureuse s'était cassé.

— J'ai réfléchi, me dit Helena en se collant tendrement contre moi.

Cela faisait longtemps qu'elle ne s'était montrée aussi câline. Nous marchions dans le parc de Versailles. Des vélos s'entrecroisaient autour de nous dans un ballet tintinnabulant de sonnettes claires. Les feuilles des arbres chauffées par le soleil dégageaient un parfum de pain d'épice qui se mêlait aux odeurs de foin coupé.

— Oui, j'ai réfléchi, poursuivit-elle. Je ne peux pas me passer de vous.

Je me demandais où elle voulait en venir. Notre marche fut arrêtée par un attroupement autour d'un marchand de glaces ambulant.

— Le moment est peut-être venu de conclure.

— De conclure, répétai-je d'un air évasif.

— Oui, de nous marier. Comme tout le monde.

Je la regardai. Elle me souriait. Dans son regard bleu brillait une lueur d'incertitude. Elle attendait ma réponse autant pour obtenir satisfaction que pour se rassurer sur la force de son pouvoir sur moi.

Je m'entendis répondre d'une voix blanche, celle d'une dignité perdue depuis longtemps que je désespérais de retrouver :

— Malheureusement, c'est trop tard.

— Vous aimez quelqu'un d'autre ? demanda-t-elle, inquiète.

Je fis un geste évasif.

85

Quelques mois plus tard, elle m'annonça avec un sourire vainqueur qu'elle se mariait avec un jeunc ingénieur en informatique originaire de Bordeaux.

— Il te plaît ?

— Beaucoup. Il est surtout fou de moi.

— Comment est-il ?

— C'est un original. Il fait de l'alpinisme, collectionne les livres de B.D. et porte des baskets. Il est très différent de vous, ajouta-t-elle sans que je comprenne ce qu'elle voulait dire par là.

86

Elle partit. Quelque temps plus tard, elle me téléphona pour me dire tout à la fois qu'elle s'était mariée et qu'elle était enceinte. Elle ajouta que son mari aimerait me connaître. J'auscultai mon cœur : d'où venait mon indifférence ? Où était passé celui que j'avais été : le passionné vivant dans le doute et les affres de l'angoisse ? Cette existence de fièvre et de cauchemar que j'avais vécue avec elle me semblait lointaine, irréelle. La place exorbitante qu'elle avait occupée dans mes pensées, dans mes désirs se réduisait à un vague sentiment de sollicitude. Je n'étais même plus jaloux. Cet amateur de B.D. qui, bientôt, pousserait un landau dans les jardins de Mériadeck en faisant sonner des grelots devant les yeux vides d'un poupon ensommeillé ne faisait pas figure de rival. Elle m'aurait dit qu'elle épousait son petit frère, cela ne m'aurait pas fait plus d'effet.

87

Je n'eus plus de nouvelles. Et je ne cherchai pas à en avoir. Qu'importe. J'avais cessé d'être malheureux. Avais-je pour autant cessé de souffrir ? Le présent me laissait en paix. Le passé, lui, parfois remontait à la surface. Ses ombres s'accrochaient à moi, douloureuses, et tentaient de m'entraîner dans la sarabande des noirs souvenirs.

88

Une exposition au musée des Beaux-Arts, « Du Primatice au Tintoret », m'offrit l'occasion de me rendre à Bordeaux. Helena m'avait proposé de venir au baptême de son fils quinze jours plus tôt : j'avais décliné l'invitation. Plonger dans ce salmigondis de pouponnerie, de lait Guigoz, de réjouissances familiales autour d'un baptistère et de blessures sentimentales mal cicatrisées ne me tentait pas. Cette fois, la curiosité l'emporta : curiosité romanesque pour un destin possible parti en fumée. La peinture tourmentée du Tintoret me rappela Venise et mes déchirements d'alors au café Florian.

Le soir, j'étais dans le petit appartement des jeunes mariés : Helena m'accueillit avec chaleur comme un vieil ami de la famille, un oncle d'Amérique. Yves, son mari, paraissait plus jeune qu'elle : il était cordial, clair, de plain-pied avec le réel. Il portait en effet des baskets. Un piolet était accroché au mur, au milieu de fanions, souvenirs d'exploits sportifs. Ils me montrèrent avec fierté l'enfant dans son berceau. Helena devenue mère me semblait irréelle : était-ce bien, sous ce masque de mère de famille accomplie, la femme que j'avais connue ? Elle ne m'inspirait plus aucun désir. Yves nous parla de ses escalades au pic du Midi d'Ossau, des régates qu'il préparait au Pyla. Helena l'écoutait, mais je la sentais surtout attentive aux gazouillis du bébé dans la pièce voisine.

Les courses en montagne ne me passionnaient pas. J'observais Helena : elle semblait apaisée. Était-elle heureuse ? Avait-elle atteint son but ? Elle m'examinait elle aussi : elle se demandait quel jugement je portais sur son jeune mari, si fragile, si innocent sous ses exploits herculéens. Ce que je scrutais plus encore qu'Helena, c'était mon propre cœur. Il avait cessé de battre à son rythme endiablé. Je la regardais, étonné de ne plus éprouver le moindre symptôme de passion, comme si n'avait jamais existé entre nous un lien de feu. Elle était toujours belle, un peu empâtée, même si un voile gris semblait recouvrir son visage. Ce qu'elle avait perdu, c'était cette profondeur mystérieuse qui m'envoûtait. Elle était devenue une femme comme les autres.

Après le dîner, elle éprouva le besoin de s'allonger.

— J'ai mal au ventre. Ce n'est rien.

Je pris congé du jeune couple. Ils étaient sympathiques. Yves me raccompagna à la porte de son pas élastique. Je remarquai à nouveau ses baskets blanches. Je n'éprouvais pas la moindre jalousie. À vrai dire, je ne ressentais rien, seulement un sentiment d'ennui devant un bonheur fade.

Je repris le train. Je sortis mon livre sur Benjamin Constant : vieux compagnon de voyage. J'étais résigné maintenant. Jamais je n'entreprendrais l'essai que j'avais rêvé d'écrire sur lui. Mais j'aimais sentir la présence de ce vieux noceur désespéré. Le train m'emporta : c'était curieux de ne pas souffrir. J'avais l'impression qu'on m'avait retiré un nerf douloureux. Bizarrement, je n'étais pas satisfait : je souffrais de ne plus souffrir. J'avais mal de ne plus avoir mal. Une sorte de vide.

TROISIÈME PARTIE

1

Mon ex-femme au téléphone.

— Je suis à Fontainebleau. Avec une amie à toi.

Elle avait beau être dans sa maison de campagne, c'était comme si elle était présente en face de moi. Je la voyais dans le bureau aux bibliothèques croulant sous les manuels de droit hérités de son père. Elle avait pris de l'embonpoint et de la rugosité. Comment la jeune fille que j'avais connue, gracile et préraphaélite, au comportement fantasque, avait-elle pu se transformer en vingt ans en matrone d'un sérieux compact qui tranchait sentencieusement à propos de tout comme si elle présidait la chambre d'un tribunal ?

— Une amie ?

— Oui, Aude de Vaduz. C'est une femme passionnante. Elle passe le week-end avec moi. Tu ne veux pas venir ?

— Impossible. J'ai beaucoup de travail.

— Aude étudie la symbolique des jardins cisterciens. Jamais je n'aurais cru que les jardins des abbayes avaient été conçus comme des parcours initiatiques.

— C'est quelqu'un de très calé, dis-je. Elle cherche toujours ce qui est caché. C'est une manie chez elle.

— On dirait que c'est un reproche ?

— Pas du tout.

— Elle veut m'emmener à Florence. Il y a beaucoup de cloîtres passionnants à étudier.

— Ce sera certainement une expérience enrichissante.

— Elle est très intelligente.

— Est-elle heureuse ?

— Elle va mieux. Elle a eu un grand chagrin. Son fiancé l'a quittée.

— Un homme !

— Bien sûr, un homme ! Tu es exaspérant : tu as toujours l'esprit mal tourné.

Elle raccrocha. Bizarrement, cette conversation m'avait planté un poinçon dans le cœur. Je n'étais pas aussi guéri que je ne le croyais.

2

Il faisait délicieusement frais sous les arcades. De la terrasse, par-delà la cime des chênes-lièges, et entre la flèche sombre de cyprès, j'apercevais les voiles blanches qui évoluaient dans le golfe de Saint-Tropez. À ma gauche s'étirait la ligne bleue des collines du Lavandou. Un tracteur vert au loin évoluait au milieu des vignes. Une brise tiède transportait des effluves de thym et de ciste.

Mme Delachenal, affublée d'énormes lunettes de soleil et d'un maillot de bain qui avait dû faire fureur dans les années cinquante, remontait de la piscine. Elle me héla :

— Toujours en train de lire !

En fait, je ne lisais pas. J'avais un livre sur les genoux mais je rêvais. C'était mon occupation préférée : rêver ma vie.

Ce séjour chez la Catherine II de l'agroalimentaire, je ne l'avais accepté qu'à contrecœur. Il avait fallu qu'elle insiste pour que je me rende chez elle, et avec quel entrain ! Des pieds de plomb ! Eh bien, je dois à la vérité d'avouer que, contre toute attente, ce séjour était exquis. Les fréquentations d'été de ma patronne étaient très supérieures à ses relations de Paris. Surtout, ce qui me touchait, c'était la délicatesse de cœur de cette femme dont la rudesse, le port impérial et les atours de nouveaux riches prévenaient injustement contre elle.

Je m'étais interrogé sur la raison qui l'avait poussée à m'inviter dans sa luxueuse thébaïde qui dominait les vignes tropéziennes. En fait, elle voulait me distraire de mon malheur sans savoir que la cause en avait disparu. C'est souvent ainsi : nos peines de cœur sont rarement visibles quand on souffre. Nos amis n'en prennent conscience qu'avec retard, comme si leur esprit, ainsi que les pellicules photographiques, avait besoin de passer nos malheurs par une chambre noire et un bain chimique pour leur être révélés.

Aussi me manifestait-elle toutes les attentions que l'on réserve à un grand malade convalescent. Trop pudique et trop corsetée pour m'interroger sur mon drame sentimental, elle n'y faisait que des allusions discrètes par le biais de généralités.

Je m'apercevais avec étonnement que cette femme que j'avais enfermée dans un cadre mondain et professionnel était, quand on pénétrait dans son intimité, toute en émotions et en affectivité. C'était une sentimentale carrossée en femme d'affaires.

Je découvris qu'elle s'était passionnée comme moi pour les déboires sentimentaux du ci-devant chef du département français dont Mirja lui avait conté les mésaventures conjugales.

— Ce pauvre professeur, comme il a dû souffrir, me disait-elle avec des yeux embués. Mais ce que les gens qui souffrent ne savent pas, c'est à quel point ils sont rendus séduisants par le malheur.

Et elle me fixait d'un regard appuyé à travers ses lunettes serties de strass comme un hibou mélancolique. C'était le maximum qu'elle pouvait faire pour me témoigner sa compassion. Je le sentais. J'étais touché de tant de bonne volonté.

Le soir eut lieu un dîner assez barbifiant avec le président de la cour d'appel d'Aix-en-Provence, le préfet de région Côte d'Azur, un grand industriel du béton armé, le sénateur de Nice et leurs épouses, toutes voiles dehors, scintillantes de bijoux.

Le préfet, un colosse roux, à la mâchoire de squale, répondant à une question du sénateur qui voulait se faire bien voir en le mettant en valeur, nous narra par le menu la prise d'otages de Mougins, trois jours plus tôt, au cours de laquelle il s'était montré héroïque face à un forcené perclus de dettes dont le vignoble allait être vendu aux enchères :

— Je l'ai tutoyé, répétait-il avec satisfaction. Je me suis avancé malgré le commandant de la gendarmerie qui voulait me retenir et je lui ai crié : « Si tu es un homme... Oui, parlons d'homme à homme... Je suis un homme, tu es un homme. »

On sentait que, toute sa vie, le préfet avait attendu cet instant de gloire où il pourrait montrer son courage face aux journalistes, aux caméras et probablement au ministre de l'Intérieur devant son poste de télévision. La préfète, qui suivait une psychanalyse — ce fut un des plats de résistance du dîner — et qui semblait avoir un solde de comptes à régler avec lui, lança perfidement que son mari se montrait beaucoup moins vaillant quand il n'y avait pas de caméras, notamment dans le lit conjugal. Son intervention jeta un froid. Le préfet se rembrunit, vexé de voir interrompu le récit de ses vantardises et blessé dans son amour-propre viril, d'autant plus que son épouse poursuivait sa diatribe en signalant que, « d'ailleurs, ils faisaient chambre à part et pas seulement parce que le préfet ronflait comme un sonneur ».

Je vins au secours du malheureux en lui demandant ce qu'était devenu le forcené. Il me regarda, ragaillardi, plein de reconnaissance pour la perche que je lui tendais :

— Oh, lui, il n'a rien voulu entendre. Les gendarmes ont été contraints de faire usage de leurs armes. Il y avait trop de risques, vous comprenez.

Puis, se rendant compte du malaise qui s'était introduit au milieu des hors-d'œuvre, il dit philosophiquement :

— On ne fait pas d'omelette sans casser des œufs.

Le sénateur de Nice, voulant encore venir au secours du préfet — il était intéressé à un vaste programme d'urbanisme au Lavandou et avait besoin d'une dérogation pour faire abattre trois hectares de chênes-lièges qui compromettaient le projet —, se livra à des imitations d'hommes politiques. Il ne manquait pas de talent, mais, pris à son jeu, il lassa vite l'auditoire. Il agaça même le préfet qui se sentait frustré de n'avoir pu rapporter les paroles flatteuses prononcées sur son compte par le Premier ministre au cours d'un conseil restreint à Matignon. Le président de la cour d'appel, un échalas aux cheveux teints et à la pâleur parcheminée de momie, sortit de son mutisme pour dire quelques banalités juridiques sur les prises d'otages. La femme du grand industriel du béton armé profita de l'auguste silence qui avait succédé à la mise au point du président de la cour d'appel pour énoncer une théorie sociologique sur les liens entre les climats chauds et la sexualité des femmes. Elle illustra cette théorie en évoquant le dévergondage des épouses dans le département des Alpes-Maritimes. Elle cita des exemples de scandales qui avaient alimenté la chronique, sous l'œil sévère de Mme Delachenal qui détestait ce genre de propos et sous le regard non moins réprobateur de son mari qui, ayant bétonné une grande partie de la Côte d'Azur grâce à la connivence des corps constitués, était épris de respectabilité. Il avait en tête de créer une fondation philanthropique pour construire des maisons préfabriquées afin d'accélérer la sédentarisation des Touareg.

Après le dîner, on servit des alcools et des tisanes. Il y eut un délicieux silence ponctué par le chant des cigales et les castagnettes des criquets. Par la porte ouverte de l'office, on entendait le couinement des domestiques sri lankais qui s'affairaient comme des souris industrieuses.

À part moi, je ne voyais qu'un enseignement à ce dîner : c'était l'extraordinaire servilité de ces hommes et de ces femmes envers Mme Delachenal et son argent. Le regard des convives vers la rivière de diamants qui illuminait son cou fripé et ses deux pendentifs en émeraude était éloquent. Parvenus au faîte des honneurs et de la réussite, ils se sentaient cependant inférieurs, pleins de soumission pour la détentrice de cette fortune colossale qui les impressionnait comme un inaccessible dieu vivant.

Les invités partirent, laissant derrière eux un sillage de propos conventionnels, d'ennui administratif et de componction bourgeoise. Nous prîmes, Mme Delachenal et moi, un dernier verre sur la terrasse.

— Comme ces gens sont ennuyeux, dit-elle, mais c'étaient des amis de mon mari. Croyez-vous qu'ils ont jamais été amoureux ?

C'était un sujet que, justement, je ne voulais pas aborder. Il y eut un silence que je finis par rompre.

— Le sénateur de Nice se démène beaucoup pour entrer dans les bonnes grâces du préfet. Pourtant, il est socialiste.

— Oh, il a besoin de lui. Ici, pour les affaires, tous les chats sont gris.

— Il a une solide réputation d'affairiste. On prétend qu'il touche des pots-de-vin.

— Des barriques, vous voulez dire.

Elle rit, assez satisfaite de son mot d'esprit. Redevenue sérieuse, elle reprit :

— Il veut gagner de l'argent. Vous connaissez quelqu'un qui crache sur l'argent ? Mais il devrait se méfier avec ses affaires immobilières pas très nettes. Il va y avoir un scandale.

— Surtout de la part d'un homme qui ne cesse de proclamer qu'il faut nettoyer les écuries d'Augias.

— Il a tort. Je ne veux pas le juger. Mais il est meilleur qu'il ne paraît.

— On peut être prévaricateur et sympathique.

— Sa seule passion, c'est sa fille. Elle est atteinte de myopathie. Il a vu les plus grands spécialistes, sans résultat.

— Les malheureux chênes-lièges qu'il veut abattre ne changeront rien à sa douleur.

— Il veut sans cesse plus d'argent parce qu'il a peur de ce qu'il adviendra d'elle après lui. Vous imaginez les parents d'une petite handicapée. Quel drame affreux ils vivent ! Il veut créer une fondation pour lutter contre la myopathie.

— Une fondation, lui aussi ! lançai-je d'un ton ironique qui me parut aussitôt manquer de tact et d'autant plus malséant que Mme Delachenal ne dissimulait pas sa volonté de créer une fondation consacrée à l'art.

Même si je nourrissais les plus grands doutes sur les arrière-pensées de cet aigrefin immunisé par le suffrage universel, je fis une marche arrière rapide sur les chapeaux de roue si cela, du moins, est possible dans une marche arrière.

— Vues ainsi, les choses sont un peu différentes : vous me le rendez plus sympathique.

— Les gens ont la manie de toujours juger à tort et à travers.

Cette brève mais verte leçon qui montrait que Mme Delachenal avait conscience d'être une patronne de droit divin ne m'était pas seulement destinée, mais à tous mes semblables pressés de juger avant de comprendre. Je sentis poindre un remords à l'égard du malheureux sénateur que j'avais exécuté sommairement. Mais peut-être Mme Delachenal visait-elle aussi des propos que j'avais tenus sur elle ? Je craignais qu'on ne lui eût rapporté ce surnom de Catherine II de l'agroalimentaire dont je l'avais affublée à la revue.

Je regrettais d'avoir stigmatisé la flagornerie du sénateur vis-à-vis du préfet. J'avais oublié ma propre obséquiosité avec Mme Delachenal que je n'avais pas contredite une seule fois de la soirée et dont j'avais même ponctué de « oh » et de « ah » les réflexions les plus banales.

Je m'en voulais également d'avoir frustré Mme Delachenal d'une conversation sur l'amour. À plusieurs reprises, elle avait tenté d'aborder ce sujet avec moi. Mais j'y étais allergique. Sans doute voulait-elle trouver là un moyen à travers des réflexions générales de me témoigner sa compassion. Peut-être simplement parler d'amour lui plaisait-il ? Cela devait lui rappeler l'atmosphère de ses émois d'autrefois, sa jeunesse, ses illusions de jeune fille, peut-être des tentations car M. Delachenal, pris entre son ambition sans bornes, ses conquêtes industrielles et ses dîners d'affaires, ne devait pas être drôle tous les jours.

Ma méditation prit un autre tour : cette histoire de fondation me turlupinait. Tout le monde avait donc son projet de fondation. J'étais le seul à n'en pas avoir. Il faut dire que j'étais pauvre, et honnête de surcroît — pauvre parce que honnête ou honnête parce que pauvre ? (Presque tout le christianisme et le marxisme se résumaient dans cette question.) Il n'y avait donc que les riches qui avaient envie de faire du bien autour d'eux — et surtout les riches qui s'étaient rempli les poches par des pratiques douteuses, comme l'industriel du béton armé ou le sénateur de Nice : j'excluais Mme Delachenal de toute malhonnêteté. Mais ce bien qui les démangeait, pourquoi ne le faisaient-ils pas simplement tous les jours, sans fondation, sans avocat, sans cabinet de relations publiques, par exemple en n'abattant pas les chênes-lièges centenaires du Lavandou ou en laissant les Touareg tranquilles, libres de courir les dunes blondes du désert qu'ils peuplaient de leurs belles ombres bleues ? C'était un mystère. Un mystère de pauvre. Il aurait fallu peut-être que je sois riche pour le percer.

Mme Delachenal se servit un verre d'alcool de poire. Je la sentais en veine de confidences et très éloignée de l'idée d'aller se coucher.

— Mon mari, dit-elle, quel homme étrange ! Je croyais le connaître. Eh bien, en quarante ans de vie commune, je dois avouer qu'il y a une part de lui-même que j'ignorais. C'est curieux, n'est-ce pas ?

Elle se tut et se resservit de l'alcool de poire.

— Je vous ai dit qu'il était lié au premier mari de Birgitt.

Au loin, sur le chemin qui descendait de la colline, les phares des voitures de nos officiels jetaient des lumières funèbres de feu follet. Je me servis à mon tour un verre d'alcool de poire que je bus cul sec. Cet incendie dans ma gorge qui se diffusa dans ma poitrine me ragaillardit.

— Mon mari, reprit-elle avec un léger tremblement des mâchoires et une prononciation qui se ressentait de l'effet de l'alcool, mon mari... Il vous aurait beaucoup plu.

Sa voix déraillait comme les disques rayés sur les anciens électrophones.

— C'était un homme qui n'était jamais satisfait.

Puis, se ressaisissant, pointant sur moi un doigt accusateur :

— N'écoutez pas ceux qui disent que ce n'était qu'un vulgaire marchand de conserves.

Je me dépêtrai dans des justifications qu'elle n'entendit pas car, maintenant, elle dialoguait avec elle-même.

— Jamais satisfait. Toujours plus haut. Toujours plus loin dans son rêve. Et il était parti... Vous savez d'où il était parti ? De rien, absolument de rien. D'une petite épicerie à Quimper, rue du Maréchal-Foch. Mais il voyait grand. Trop grand. Son rêve, c'était d'acheter Sigram, le géant américain des spiritueux. Il a failli réussir. Mais il a été trahi par ses partenaires. Pas le mari de Birgitt. Lui, il a été formidable. Il l'a soutenu jusqu'au bout. Alors, vous savez ce qu'il a fait — il ne supportait pas l'échec —, vous savez ce qu'il a fait ? Il s'est tiré une balle de pistolet dans la tempe à son bureau, rue Taitbout.

Il y eut un silence. Puis elle reprit d'une voix lasse :

— Il m'a laissé une lettre dans laquelle il m'écrivait : « Ma chérie, j'ai tout raté. » Vous entendez, tout raté...

Elle se tut. Elle était devenue très vieille. Sur

son visage imperturbable, des larmes traçaient deux sillons parallèles sur le plâtre de son maquillage et y laissaient des traces noires de rimmel. Elle ressemblait à un vieux clown déguisé en femme.

3

Le lendemain, le temps se gâta. Une lourde pluie d'été s'abattit sur la propriété, recouvrant le paysage d'un voile grisâtre et réveillant les odeurs parfumées du maquis. Mme Delachenal vaquait à ses occupations dans ses appartements. Les domestiques sri lankais, aux petits soins avec moi, prévoyant l'humeur maussade de Mme Delachenal qui détestait le mauvais temps, le seul élément qui lui résistait, m'accablaient de jus de fruits et de douceurs.

Je me dirigeai vers la bibliothèque. C'était une pièce mélancolique, isolée, couverte de rayonnages que tapissaient de vieux livres fatigués. Il y avait là toute la collection des œuvres d'auteurs fanés : Max du Veuzit, Henry Bordeaux, Willy, Maurice Dekobra, Paul Bourget. Les livres dormaient paisiblement, certains grignotés par les souris, d'autres jaunis par la patine du temps. Ils semblaient résignés à n'avoir plus de lecteurs, après avoir brillé des mille feux de la mode et du succès. Ils s'enfonçaient paisiblement dans l'oubli et la poussière, à l'image du destin des œuvres humaines. Je les caressais du regard comme des aïeux fatigués, allongés sur la chaise longue du temps, une couverture écossaise sur les genoux.

Un ouvrage attira mon attention. *Benjamin Constant* par Henri Guillemin, le pourfendeur de toutes les gloires, le limier des impostures littéraires. Lui qui avait fait trembler tant d'auteurs contemporains, il finissait oublié comme eux. Je m'emparai du livre : soudain, Saint-Tropez disparut, et Mme Delachenal, et le préfet de région, et il n'y eut plus que Benjamin, l'éternel jeune homme emmêlé dans ses contradictions, l'amant accablé de Mme de Staël, le voluptueux profiteur des charmes d'Anna Lindsay, l'amoureux fou de Mme Récamier. Je le voyais brillant dans les salons, lançant ses épigrammes en secouant sa chevelure aux reflets roux.

Mais, dans ce livre, ce n'était plus l'amant passionné qui apparaissait, celui qui demandait à Mme de Krüdener des philtres magiques pour guérir sa passion, ni l'auteur de la monumentale histoire des religions, mais l'affairiste, le prévaricateur, le complice des turpitudes financières de Talleyrand. Pire — cela, il ne l'avait pas avoué dans son journal intime auquel il confiait pourtant ses plus viles dépravations —, il avait dénoncé à la police du Directoire les pratiques religieuses du curé de Luzarches, l'abbé Oudaille, qui faisait obstacle à sa candidature de député. « L'abbé Oudaille fut condamné à la déportation. Il figure sur la liste des prêtres arrivés à Rochefort entre le 6 et le 17 nivôse an VI et il mourut à la Guyane le 7 vendémiaire an VII. » Benjamin fut alors élu député.

Je me tournai vers la fenêtre, plein de fièvre. Le mistral avait chassé les nuages. Le soleil éclairait le paysage d'une lumière acérée. Les vignes semblaient vernissées. Cette lecture m'avait ébranlé. Que de fluctuations à la Bourse de mes valeurs morales : Mme Delachenal était à la hausse, Benjamin à la baisse.

4

Une jeune fille blonde se planta devant moi. Il n'y avait pas de soleil mais elle aurait pu figurer un charmant soleil printanier souriant, vif et prometteur. Des cheveux courts lui donnaient une assurance garçonne.

— Je suis la nièce de Mme Delachenal.

Elle avait dit « Mme Delachenal » avec une nuance de respect comme elle aurait dit « la nièce du général de Gaulle » ou « de Winston Churchill ».

Ce frais minois égaya immédiatement la bibliothèque vieillotte, assombrie par un jour lourd de nuages et de pluie. D'autant plus que, se préparant à aller à la piscine, elle était vêtue d'un maillot de bain qui avait nécessité le minimum de tissu et elle me semblait encore plus nue que si elle l'avait été réellement.

— Très bien. Vous venez pour les vacances ? C'est un endroit très reposant ici.

Elle rit.

— Au contraire. Je viens travailler.

— Travailler ici, quelle idée !

— Je dois terminer ma thèse de DEA. Je suis normalienne, proclama-t-elle d'un air surjoué de fausse modestie.

— Et sur quoi porte votre thèse ?

— L'amour dans la poésie grecque, notamment chez Pindare.

— C'est un sujet passionnant. Vous avez dû lire *L'Amour en Grèce* de Robert Flacelière.

— Flacelière… Flacelière, je ne connais pas ce nom-là.

— Pourtant, il a été le directeur de l'École normale.

Elle piqua un fard. Mais elle se reprit vite.

— À quelle époque ?

— Dans les années cinquante.

— Je n'étais même pas née.

Un léger grincement s'insinuait dans la conversation.

— Vous n'étiez pas née non plus à l'époque de Pindare !

Elle me jeta un regard haineux. Les jeunes filles détestent les raisonneurs qui ne se contentent pas de les approuver avec des yeux de merlan frit pour manifester qu'ils sont sous leur charme. Elle en savait beaucoup pour être pleine d'assurance, mais pas assez encore pour être modeste.

Je fis rapidement marche arrière : non pas

parce que je voulais entrer en grâce auprès de la nièce de Mme Delachenal, mais parce qu'il m'était désagréable de déplaire à une jolie fille.

— Vous êtes si jeune et si jolie : c'est tellement inattendu.

— Il faudrait être vieille et laide pour étudier Pindare ? dit-elle, tombant dans mon piège.

Elle n'était pas encore complètement attendrie. Il y avait des rugosités dans sa voix.

— Mme Delachenal doit être fière d'avoir une nièce qui...

— Mon frère a été reçu à Polytechnique cette année.

— C'est moins original que d'étudier Pindare. J'aimerais bien lire votre thèse.

— C'est un peu ardu pour vous, je le crains.

— Vous craignez que je ne comprenne pas, dis-je en riant. Mais j'ai fait du grec, vous savez. *Ta zoa trékei... gnôthi seauton...*

Elle me regarda avec commisération, comme un pitre qui raterait tous ses effets.

— *Ta zoa trékei* ne va pas vous aider beaucoup à comprendre la métrique de Pindare.

Une lueur malicieuse brillait dans ses yeux : elle était contente de me dominer du haut de son savoir de fraîche date. Elle n'était pas du tout gênée d'être presque nue devant moi, mais moi je l'étais. En dépit de la différence d'âge, je sentais sourdre un rouge désir de saisir les ballonnets de ses petits seins et d'arracher ce slip provocant qui montrait plus qu'il ne dissimulait.

— Ce qui m'a passionné aussi, dis-je en creusant désespérément dans mes souvenirs de classe, c'est tous ces mots différents pour dire notre mot « amour » : *éros, agapè…*

Elle me regardait avec une indulgence amusée, comme une maman observe les efforts de son enfant qui commence à marcher.

Elle coupa :

— Il y en a trente-sept.

— Trente-sept, répétai-je d'un air admiratif.

— Trente-sept, dit-elle, à moins que vous ayez la témérité de réfuter Mme de Romilly.

— Elle n'a pas l'air si terrible.

— À votre place, je ne m'y frotterais pas.

Tant d'assurance méritait d'être prise en défaut. J'avais l'envie perverse de la piquer dans l'orgueil de son savoir autant que de fustiger son appétissant fessier avec une badine.

— Y a-t-il un mot pour signifier masochisme ?

Je vis une lueur d'hésitation passer dans ses yeux. Comme les bonnes élèves, elle savait qu'il fallait avoir réponse à tout. C'était le gage de succès dans la vie.

— Bien sûr, dit-elle en mentant effrontément. *Ubris,* la passion destructrice.

— Vous êtes sûre qu'*ubris* se rapporte à l'amour ?

— Demandez à une normalienne spécialiste de Pindare, lança-t-elle d'un air insolent.

À ce moment-là, j'aurais pu facilement m'en faire une ennemie. Mais à quoi bon ? Je décidai d'arrêter ce jeu en faisant semblant de me rendre avec armes et bagages et de réclamer pour le vaincu la mansuétude du vainqueur. Avais-je l'arrière-pensée d'en tirer des bénéfices érotiques ? La situation — sa plus que nudité — s'y prêtait, mais mon âge me faisait craindre d'être ridicule.

Je lui demandai à brûle-pourpoint :

— Et vous, combien de formes d'amour avez-vous éprouvées sur les trente-sept ?

Elle rougit encore. Puis elle rit.

— C'est une bonne question. J'espère qu'on ne me la posera pas à l'oral.

— Réfléchissez !

Elle compta sur ses doigts. Je me demandai si elle recensait ses aventures amoureuses ou les sentiments qu'elle avait éprouvés.

— J'arrive à sept. Mais je n'ai que vingt ans. Et vous ? À votre âge, vous avez dû faire le plein.

Je rougis à mon tour. Je pris un ton faussement professoral.

— Il y a d'abord l'amour qui est une réaction épidermique de désir devant un beau corps désirable comme un délicieux fruit mûr… Vous en ce moment, par exemple.

— Vous trichez.

— Non, je suis sincère.

— J'ai beaucoup grossi. Je ne fais pas assez d'exercice. Vous m'auriez vue…

— J'aurais bien aimé. Vous avez un petit ami ?

— Comme tout le monde.

— Quel est le genre de sentiment que vous éprouvez pour lui ?

— Avec lui, ce serait plutôt *agapè* : il n'est pas très porté sur la chose, comme dit ma tante.

Cette réponse suscita en moi une horrible arrière-pensée. Il n'est pas un homme qui ne se dise du haut de sa vanité virile qu'il est prêt à suppléer à toutes les carences de ses congénères, sauf aux siennes.

Je me sentais échauffé. Je ne voyais aucun moyen de me sortir de cette inextricable situation : une jeune fille presque nue qui n'avait pas l'air d'avoir froid, une conversation très propre à exciter un vieux sanglier dans mon genre, mais je ne pouvais décemment faire des avances à une fille aussi jeune, surtout la nièce de ma patronne. Et puis il y avait Victoria. Je sentis quelque chose se durcir dans ma poche comme le canon chaud d'un pistolet. J'attendais un geste de sa part qui eût tout arrangé. Peut-être l'attendait-elle elle aussi ? Qui de nous aurait eu l'air plus ridicule ?

Mme Delachenal, sortant de sa sieste, vêtue d'une ample gandoura bleu ciel achetée à Marrakech, nous arracha à ce dilemme.

— Oh, ma petite, tu es là. Mais tu vas avoir froid.

Elle lui tendit une couverture en laine qui était pliée sur le canapé.

— Non, ma tante, tout va bien. Je n'ai pas froid.

— Tu voulais te baigner, malgré la pluie ?

— J'adore me baigner quand il pleut. Il y a une héroïne de D. H. Lawrence qui se promène nue sous la pluie.

— Ah, dit-elle, il faudrait que tu me le procures, ce livre. Je n'ai rien à lire en ce moment.

Puis se reprenant elle me demanda d'un air fin :

— Vous qui êtes féru de littérature, savez-vous quel était le véritable nom de Romain Gary ?

Galamment je feignis l'ignorance. Sa nièce prit un air vexé comme si, malgré ses études qui l'avaient conduite au sommet de l'alma mater, sa tante du haut de son tas d'or continuait de la compter pour du beurre. Mme Delachenal afficha une mine triomphante :

— Kacef, ou Youssef, Roman Youssef.

Je me gardai bien de la contredire. La sagesse quand on était comme moi un intrus chez les riches consistait surtout à savoir rester à sa place. Mme Delachenal fut de bonne humeur pendant toute la soirée.

5

J'éprouvais de l'extase pour la vie. Je renaissais dans une existence plus sensuelle, plus généreuse. La moindre brise de mer me faisait frémir ; les parfums du thym, du romarin, du ciste m'enivraient ; l'écorce craquelée d'un chêne-liège me procurait une émotion esthétique aussi forte que si j'avais eu en face de moi une œuvre d'Hartung ; m'allonger sur le sable brûlant de la plage de Pampelonne me donnait l'illusion de retrouver la Grèce. Je goûtais avec délice une ombre tiède sous les pins parasols avec son arôme acidulé. Mais aussi la rude poignée de main du marchand de journaux de Cogolin qui pestait contre les touristes et regrettait son Val-de-Loire natal, ses vins délicats, son climat tempéré. J'avais l'impression de revenir d'un séjour dans les ténèbres et de reprendre goût aux choses les plus simples, à la jouissance miraculeuse d'exister. Le marivaudage que j'entretenais avec la nièce de Mme Delachenal apportait le piquant nécessaire pour relever la sauce un peu fade de l'ambiance chez les riches. Nous parlions des auteurs grecs avec chaleur comme nous aurions évoqué les derniers pipoles en vogue à Saint-Tropez.

Victoria devait me rejoindre à l'hôtel Tahiti-Plage de Cavalaire. J'étais dans cette radieuse période de l'amour où on est assez attaché à une femme pour désirer sa présence sans que cet attachement soit encore assez fort pour être douloureux. Une légère inquiétude régnait cependant. Ainsi qu'il en est toujours dans les débuts : un mot mal interprété, un geste, un malentendu pouvaient encore se révéler fatals. Cet amour, comme il était fragile. Aucune racine ne l'enfonçait dans le passé ; aucun vent adverse ne l'avait renforcé ; il pouvait disparaître sans qu'aucun signe ne le présage, comme la mort subite du nourrisson.

La vacuité de mes journées chez Mme Delachenal laissait mes pensées libres de divaguer. Je savais que, dans deux jours, à Cavalaire, les bras de Victoria m'entraîneraient dans de voluptueuses siestes. Son beau corps m'offrirait le breuvage de népenthès qui donne l'oubli. L'oubli de celui que j'avais été, qui était plus que moi-même et qui pourtant m'était devenu étranger.

6

Voilà. J'étais frère du soleil, amant de la mer, de la pinède parfumée, des nuits tièdes, des crépuscules incendiés. Allongé sur la plage près du long corps de Victoria, j'éprouvais la jouissance de vivre une vie tout entière vouée au plaisir sans qu'aucune ombre ne vînt troubler ce bonheur.

Victoria sortit un livre de son sac de plage. Sans doute voulait-elle me montrer qu'elle avait beau être une juriste émérite, elle n'était pas indigne du littéraire que j'étais. Délicate attention des premiers temps de l'amour où l'on veut devancer les souhaits secrets de son compagnon. Peu m'importait qu'elle lût ou non. Je l'aimais comme un fruit délectable, un brugnon moelleux chauffé par le soleil. J'avais envie de dévorer son corps et de promener mes lèvres sur les zones de sa peau où son maillot de bain laissait des marques blanches.

— Que lis-tu ? lui demandai-je distraitement, sentant qu'elle souhaitait que je lui pose cette question.

— Oh, un livre passionnant !

— Passionnant ! À ce point !

Hormis les auteurs morts qui ont cessé d'être des rivaux, il me semblait qu'aucun écrivain contemporain autre que moi — si j'étais parvenu à écrire un livre — ne méritait cette exclamation.

— Oui, je n'arrive pas à le lâcher.

— De qui est-ce ?

— De Tristan de P.

Instantanément, le soleil cessa de briller. La nuit tomba sur moi. J'avais dans la gorge tout le sel de la mer. J'étais trahi. C'était le bouquet. Elle allait bientôt me dire qu'elle admirait Molnar.

7

Je partis sur la plage, sombre sous le soleil, ressassant des pensées amères. J'avais beau me raisonner, faire appel à toutes les ressources que j'employais d'ordinaire pour me rasséréner, je me sentais trahi. Bien sûr, la pauvre Victoria n'y était pour rien. Le seul coupable, c'était moi. Tout me blessait. Peut-être n'étais-je pas fait pour l'amour. Mais c'est justement dans cette espèce-là, trop sensible, si peu armée pour souffrir, que se recrutent les vrais amoureux. Même chose pour les écrivains puisque cette question-là aussi me tenaillait — la même hantise avec un seul visage bifide. Les vrais écrivains, ce sont peut-être ceux qui ne parviennent pas à écrire. Comme j'étais plus riche de mon drame intime d'impuissance ! Avec quel art j'aiguisais cette lame intérieure qui ne servait qu'à me blesser ! Les écrivains reconnus, ceux qui publient des livres, sont tout entiers dans l'ivresse de plaire, dans la jouissance d'avoir dominé leur impuissance. Petits mâles arrogants plantés droit sur leurs ergots, la crête frétillante faisant entendre leur chant face au soleil qui se lève. Que peuvent-ils savoir de mon fructueux ravage ? Le soupçonnent-ils ? Même pas. Le succès suffit à leur bonheur. Tristan de P. était bien aise de savoir qu'une ravissante jeune femme, toute chaude de soleil, parfumée de crème solaire, se caressait l'imagination en dévorant son roman. Mais mon livre à moi, cet enfant mort au fond de moi-même, j'avais la certitude qu'il était plus vrai, plus infiniment humain dans son échec même que les fadaises qu'on lit sur le sable, écœurantes comme le sirop que le barman du Tahiti-Plage mêle à ces jus de fruits en boîte. Ces jus de fruits en boîte sur lesquels s'asseyait grassement la fortune de Mme Delachenal.

Je revins, mélancolique, vers ma compagne. J'espérais de tout mon cœur qu'elle aurait l'intuition de ne pas me parler de son foutu roman. Pour cela, il eût fallu qu'elle fût un ange ou alors qu'elle eût pu communier, par une miraculeuse voie de communication, avec mon âme.

Je m'approchai de son parasol. Le matelas était vide. Elle avait emporté son livre et son sac. L'effroi s'abattit sur moi : elle était partie.

8

Je courus jusqu'à la chambre en proie à une violente agitation. Victoria n'y était pas. J'ouvris le placard avec angoisse : ses robes pendaient sur les cintres. C'était un bon point. Axiome premier du placage : aucune femme ne quitte un homme sans emporter ses robes. Je descendis à la réception. Le concierge était occupé à organiser une excursion à l'île de Porquerolles avec une famille nombreuse allemande, bardée d'épuisettes, de cannes à pêche et de fusils sous-marins. L'imposante Gretchen souffrait du mal de mer. N'y avait-il pas un moyen d'aller à Porquerolles autrement qu'en bateau ? Le concierge ne parvenait pas à se dépêtrer de ce dilemme consistant à aller dans une île sans prendre le bateau. Je bouillais d'impatience. Enfin disponible, il tendit vers moi un sourire professionnel plaqué sur son masque exaspéré. Il ne l'avait pas vue. J'errai dans l'hôtel. Enfin je l'aperçus dans la cabine téléphonique : elle me tournait le dos. Je ne voyais que ses longs cheveux qui ondulaient derrière la vitre. Qui appelait-elle ? L'amant qui l'avait quittée ? Cinq ans, ça ne s'efface pas comme ça. La jalousie me mordit le cœur. Décidément, je n'avais rien appris.

9

Je reçus un coup de téléphone de l'alpiniste en baskets.

— Helena est malade. Elle ne veut pas que je vous le dise : elle a un cancer. Ne lui en parlez pas. Il paraît que cela s'opère très bien.

Cette nouvelle m'accabla. Je la refoulai tant et si bien que je n'appelai pas Helena : avais-je déjà trop souffert pour elle ou avais-je peur d'ouvrir une nouvelle voie de souffrance d'une nature totalement différente ? Quand, pris de remords, je lui téléphonai deux mois plus tard, je ne parvins pas à la joindre. La ligne était en dérangement.

10

Dans le couloir de l'hôpital régnait une odeur forte de formol. Yves, toujours chaussé de ses baskets blanches, semblait absent de la situation : il se réfugiait dans le récit du diagnostic sibyllin des médecins. Une infirmière, après m'avoir fait ôter mes chaussures et couvert la tête d'un bonnet stérile, me fit pénétrer dans une pièce garnie de bonbonnes d'oxygène. Des câbles et des tuyaux jonchaient le sol.

Helena était allongée sur un lit médical surélevé. Je ne l'aurais pas reconnue : le crâne recouvert d'un bonnet qui dissimulait mal la perte de ses cheveux, amaigrie, le teint cireux, les yeux agrandis par la souffrance, elle avait l'air d'un spectre. Elle ne pouvait pas parler. Les métastases avaient atteint le cerveau. Quand elle me vit, elle fit un mouvement pour se soulever. Elle parvint au prix d'un grand effort à se mettre sur le côté et à tendre vers moi une main que je baisai. J'approchai mon visage du sien. Sa main se raccrochait fermement à la mienne comme si elle me demandait de la sauver.

Des larmes coulaient de mes yeux, sans aucun sanglot. Sa main restait agrippée à la mienne. Je me sentais maladroit. Personne ne m'avait jamais appris comment me comporter avec quelqu'un qui allait mourir.

11

Le train fuyait dans la nuit ; le front collé contre la vitre, je me laissais absorber par le paysage nocturne. Plus rien n'avait d'importance que ce corps meurtri d'où il n'émanait qu'un mince souffle de vie. Elle était là, sa vérité, résumée à cette souffrance injuste. Comme le reste importait peu ! Pourquoi avais-je souffert ? Pourquoi m'avait-elle fait souffrir ? Nous n'étions que des pantins agités par des fils invisibles. Je ne parvenais pas à dégager son image de cette vision de spectre. Tout semblait s'être aboli pour se réduire à ce spectacle macabre. Nos lèvres si tièdes et si aimantes, que de blessures elles avaient été capables de nous infliger ! Et pour quoi ? Cette histoire finissait dans l'horreur. De tous les romans que j'avais imaginés avec elle, c'était le seul que je n'aurais jamais pu concevoir. J'avais pitié d'elle et de moi, de nous tous, de nos semblables qui jettent leurs bras vers des corps aimés et se retrouvent à étreindre le vent.

12

Le cimetière descendait en pente douce vers la mer. Les tombes n'avaient rien de monumental : selon l'usage de la religion réformée, c'était de simples dalles gravées, disséminées dans un vaste espace de gazon qui jouxtait le temple, une bâtisse ornée d'un péristyle néoclassique peint en blanc laqué. C'était un lieu d'allure pimpante, bien que sa destination inspirât de la mélancolie. Surtout sous le soleil qui projetait sur la mer des teintes mauves et rendait l'azur d'un bleu céruléen. Des mouettes s'en donnaient à cœur joie, poussant leurs désagréables cris nasillards. Au loin, par-delà un petit promontoire d'un vert cru qui abritait un golfe où évoluait une flottille de bateaux blancs, on voyait les villas balnéaires de Turku peintes elles aussi en blanc laqué.

La famille et les parents d'Helena s'étaient regroupés autour du ministre calviniste, un vieil homme aux broussailleux sourcils blancs et aux cheveux longs, qui, avec son regard furibond, avait l'air d'un Moïse de mauvaise humeur. Les amis se tenaient un peu à l'écart, conscients d'être des étrangers, même si certains d'entre eux étaient finlandais. La famille, abîmée dans la douleur, semblait plus dérangée par leur présence que vraiment réconfortée. C'était des gens simples qui ne voulaient pas que d'autres participent indûment à leur douleur, une douleur qu'ils imaginaient impossible à partager. Tant était forte leur croyance dans la Bible, ils ne pouvaient imaginer que leur fille, petite-fille, nièce, cousine fût morte sans raison. Si le Dieu vengeur l'avait rappelée à Lui, c'était parce qu'elle avait abandonné les sages pratiques de leur Église pour s'adonner aux plaisirs de la Babylone méridionale. Et ils regardaient ces hommes et ces femmes venus de Paris avec un regard de reproche comme si, à des degrés divers, c'étaient des coupables. Parmi eux, Yves, l'air égaré, chaussé de ses baskets blanches, faisait une tache colorée au milieu des habits noirs. Sentant que lui non plus n'était pas *persona grata*, il jetait des regards éplorés vers moi et les amis, où se lisait la supplication de ne pas être abandonné. Avec sa dégaine sportive et négligée, son allure juvénile et son air agité de farfadet qui le distinguait des visages figés dans le deuil, il donnait l'impression fausse qu'il ne souffrait pas, qu'il ne se rendait même pas compte de la gravité de la cérémonie qui se déroulait.

Le ministre prononça les paroles de l'absoute devant une excavation et la terre meuble qui en avait été retirée. Cette terre, les yeux la fixaient avec effroi. Elle paraissait obscène. Le cercueil en chêne attendait : ses poignées en cuivre brillaient au soleil. Je me sentais doublement un intrus dans ce pays lointain. Une sourde hostilité me parvenait de la famille, mais surtout d'un grand jeune homme baraqué, secoué de sanglots, en qui je reconnus le Chat. Il ne jeta pas un regard vers moi pour éviter sans doute d'exciter une colère qui se mêlait à sa douleur et lui faisait serrer les poings.

Molnar, vêtu de son habituelle tenue de cérémonie qui consistait en un pantalon à grosses rayures rouges et bleues et une chasuble rouge, serrait Birgitt dans ses bras. Il jetait de temps à autre un regard énigmatique vers moi où il y avait un mélange de défi, d'agressivité et d'affection.

Molnar fit un pas vers moi puis, soudain, se ravisa et revint prendre Birgitt dans ses bras. Elle portait des lunettes de soleil pour dissimuler ses larmes. Aude de Vaduz se tenait à l'écart comme si son malheur à elle était à part. Elle me regardait sans aménité avec ses yeux d'oiseau de proie, comme si je lui avais volé son bonheur.

Ce qui frappait le plus, en dehors du tas de terre meuble et du cercueil en chêne dont les poignées brillaient au soleil, c'était la présence de l'ancien chef du département français. Il se tenait droit, impeccablement habillé de noir comme autrefois ; sous le col de sa chemise blanche coulissait toujours sa protubérante pomme d'Adam. Dans son regard chargé d'une douleur de circonstance, on pouvait lire une lueur de satisfaction et de fierté. Devant lui, dans un fauteuil roulant, était assise sa femme rousse très élégamment vêtue, coiffée d'un bibi noir à voilette. Sa tête légèrement fixe et penchée, sa main gauche immobilisée montraient les séquelles de l'attaque qui l'avait laissée impotente. Son dernier amant, chez lequel était survenu le drame, avait jugé convenable de restituer cette maîtresse désormais inutilisable à son mari légitime. Celui-ci avait accueilli la pécheresse sans discuter. Non seulement il retirait un haut dividende moral de ce pardon exemplaire mais son amour démesuré pour l'épouse infidèle revenue au foyer trouvait enfin sa récompense. Désormais, c'en était fini des secousses électriques de la jalousie, de l'angoisse de la voir partir avec le premier venu : elle dépendait de lui. Cet homme tant de fois abandonné avait retrouvé sa femme qui ne le quitterait jamais ou alors dans la mort, cette infidélité éternelle.

La joie de l'avoir retrouvée l'illuminait intérieurement. On sentait une préoccupation constante à son égard. Il ajustait la couverture en mohair qu'elle tenait pliée sur ses genoux et qu'elle repoussait pour montrer ses ravissantes jambes toujours gainées de bas résille.

Helena aussi était à moi désormais pour toujours. Je n'avais pas le cœur à me livrer à des simagrées funèbres. La cérémonie me gênait pour lui rendre un dernier hommage. Pourquoi le dernier ? Sa mort pas plus que son mariage et l'éloignement qui en était résulté ne touchaient la part d'elle-même qui m'appartenait. Elle était à moi comme j'étais à elle dans la pureté de ce ciel qui charriait de gros nuages blancs semblables à de gigantesques oreillers.

Nous nous retrouvions enfin libérés des pesanteurs de l'existence dans cet adieu qui était le commencement d'une autre vie, purifiée des impuretés, des salissures, des frustrations qui avaient abîmé celle que nous avions vécue. Helena n'était pas dans cette boîte en chêne soutenue par des cordes en chanvre qu'on allait mettre en terre, elle était diffuse dans l'univers. Elle était dans le ciel, dans l'air marin, sur mes lèvres, au contact de ma peau. Elle avait abandonné sa dépouille de misère et de trahison pour se fondre dans un cœur plus vaste qui palpitait à l'unisson du mien.

Il ne restait plus aucune trace des blessures qu'elle m'avait infligées. Ne demeurait qu'une émotion diffuse mais intense où passaient des images : le vendeur de fausses montres, le vélo vert pomme, le terrible petit porte-jarretelles rouge, les chats sculptés de l'hôtel de Méribel, le *Miserere* d'Allegri, son sexe à l'arôme de pain chaud…

Quand la cérémonie fut achevée, je quittai le cimetière. Quand je vis Yves venir vers moi, j'eus subitement envie de pleurer. Je m'éloignai. Je voulais rester seul avec elle dans ce lieu, face à cette station balnéaire de Turku où, quelques années auparavant, je l'avais inventée : je ne l'avais pas tirée d'une de mes côtes mais de la substance profonde de mes rêves.

Qui aurait pu prédire, alors, que tant de choses adviendraient ? Tandis qu'un petit nuage rose fuyait dans le ciel, je retrouvai la sensation que j'avais éprouvée à bord de l'avion en regardant cette multitude d'îles vers lesquelles se précipitaient de petits voiliers blancs, voraces comme des spermatozoïdes avides vers un ovule.

Trois années avaient passé. Une seconde. Une vie.

DU MÊME AUTEUR

Aux Éditions Gallimard

LE GOÛT DU MALHEUR, *roman* (« Folio », n° 2734).

MORNY, UN VOLUPTUEUX AU POUVOIR, *essai* (« Folio », n° 2952).

BERNIS, LE CARDINAL DES PLAISIRS, *essai* (« Folio », n° 3411).

UNE JEUNESSE À L'OMBRE DE LA LUMIÈRE, *roman* (« Folio », n° 3768).

UNE FAMILLE DANS L'IMPRESSIONNISME, coll. « Livres d'art ».

NOUS NE SAVONS PAS AIMER, *roman* (« Folio », n° 4009).

LE SCANDALE, *roman* (« Folio », n° 4589).

LA GUERRE AMOUREUSE, *roman* (« Folio », n° 5409).

Aux Éditions Grasset

LA FUITE EN POLOGNE, *roman.*

LA BLESSURE DE GEORGES ASLO, *roman.*

LES FEUX DU POUVOIR, *roman*, prix Interallié.

LE MYTHOMANE, *roman.*

AVANT-GUERRE, *roman*, prix Renaudot.

ILS ONT CHOISI LA NUIT, *essai.*

LE CAVALIER BLESSÉ, *roman.*

LA FEMME DE PROIE, *roman.*

LE VOLEUR DE JEUNESSE, *roman.*

L'INVENTION DE L'AMOUR, *roman.*

LA NOBLESSE DES VAINCUS, *essai.*

ADIEU À LA FRANCE QUI S'EN VA, *essai.*

MES FAUVES, *essai.*

DEVOIR D'INSOLENCE, *essai.*

CETTE OPPOSITION QUI S'APPELLE LA VIE, *essai.*

Chez d'autres éditeurs

OMAR, LA CONSTRUCTION D'UN COUPABLE, *essai*, Éditions de Fallois.

LIBERTIN ET CHRÉTIEN, Desclée de Brouwer.

GORKI, L'EXILÉ DE CAPRI, *théâtre*, L'Avant-Scène.

COLLECTION FOLIO

Dernières parutions

5056. Jean Rouaud	*La femme promise*
5057. Philippe Le Guillou	*Stèles à de Gaulle* suivi de *Je regarde passer les chimères*
5058. Sempé-Goscinny	*Les bêtises du Petit Nicolas. Histoires inédites - 1*
5059. Érasme	*Éloge de la Folie*
5060. Anonyme	*L'œil du serpent. Contes folkloriques japonais*
5061. Federico García Lorca	*Romancero gitan*
5062. Ray Bradbury	*Le meilleur des mondes possibles* et autres nouvelles
5063. Honoré de Balzac	*La Fausse Maîtresse*
5064. Madame Roland	*Enfance*
5065. Jean-Jacques Rousseau	*« En méditant sur les dispositions de mon âme... »*
5066. Comtesse de Ségur	*Ourson*
5067. Marguerite de Valois	*Mémoires*
5068. Madame de Villeneuve	*La Belle et la Bête*
5069. Louise de Vilmorin	*Sainte-Unefois*
5070. Julian Barnes	*Rien à craindre*
5071. Rick Bass	*Winter*
5072. Alan Bennett	*La Reine des lectrices*
5073. Blaise Cendrars	*Le Brésil. Des hommes sont venus*
5074. Laurence Cossé	*Au Bon Roman*
5075. Philippe Djian	*Impardonnables*
5076. Tarquin Hall	*Salaam London*
5077. Katherine Mosby	*Sous le charme de Lillian Dawes Rauno Rämekorpi*
5078. Arto Paasilinna	*Les dix femmes de l'industriel*
5079. Charles Baudelaire	*Le Spleen de Paris*
5080. Jean Rolin	*Un chien mort après lui*

5081. Colin Thubron	*L'ombre de la route de la Soie*
5082. Stendhal	*Journal*
5083. Victor Hugo	*Les Contemplations*
5084. Paul Verlaine	*Poèmes saturniens*
5085. Pierre Assouline	*Les invités*
5086. Tahar Ben Jelloun	*Lettre à Delacroix*
5087. Olivier Bleys	*Le colonel désaccordé*
5088. John Cheever	*Le ver dans la pomme*
5089. Frédéric Ciriez	*Des néons sous la mer*
5090. Pietro Citati	*La mort du papillon. Zelda et Francis Scott Fitzgerald*
5091. Bob Dylan	*Chroniques*
5092. Philippe Labro	*Les gens*
5093. Chimamanda Ngozi Adichie	*L'autre moitié du soleil*
5094. Salman Rushdie	*Haroun et la mer des histoires*
5095. Julie Wolkenstein	*L'Excuse*
5096. Antonio Tabucchi	*Pereira prétend*
5097. Nadine Gordimer	*Beethoven avait un seizième de sang noir*
5098. Alfred Döblin	*Berlin Alexanderplatz*
5099. Jules Verne	*L'Île mystérieuse*
5100. Jean Daniel	*Les miens*
5101. Shakespeare	*Macbeth*
5102. Anne Bragance	*Passe un ange noir*
5103. Raphaël Confiant	*L'Allée des Soupirs*
5104. Abdellatif Laâbi	*Le fond de la jarre*
5105. Lucien Suel	*Mort d'un jardinier*
5106. Antoine Bello	*Les éclaireurs*
5107. Didier Daeninckx	*Histoire et faux-semblants*
5108. Marc Dugain	*En bas, les nuages*
5109. Tristan Egolf	*Kornwolf. Le Démon de Blue Ball*
5110. Mathias Énard	*Bréviaire des artificiers*
5111. Carlos Fuentes	*Le bonheur des familles*
5112. Denis Grozdanovitch	*L'art difficile de ne presque rien faire*
5113. Claude Lanzmann	*Le lièvre de Patagonie*
5114. Michèle Lesbre	*Sur le sable*

5115. Sempé	*Multiples intentions*
5116. R. Goscinny/Sempé	*Le Petit Nicolas voyage*
5117. Hunter S. Thompson	*Las Vegas parano*
5118. Hunter S. Thompson	*Rhum express*
5119. Chantal Thomas	*La vie réelle des petites filles*
5120. Hans Christian Andersen	*La Vierge des glaces*
5121. Paul Bowles	*L'éducation de Malika*
5122. Collectif	*Au pied du sapin*
5123. Vincent Delecroix	*Petit éloge de l'ironie*
5124. Philip K. Dick	*Petit déjeuner au crépuscule*
5125. Jean-Baptiste Gendarme	*Petit éloge des voisins*
5126. Bertrand Leclair	*Petit éloge de la paternité*
5127. Musset-Sand	*« Ô mon George, ma belle maîtresse... »*
5128. Grégoire Polet	*Petit éloge de la gourmandise*
5129. Paul Verlaine	*Histoires comme ça*
5130. Collectif	*Nouvelles du Moyen Âge*
5131. Emmanuel Carrère	*D'autres vies que la mienne*
5132. Raphaël Confiant	*L'Hôtel du Bon Plaisir*
5133. Éric Fottorino	*L'homme qui m'aimait tout bas*
5134. Jérôme Garcin	*Les livres ont un visage*
5135. Jean Genet	*L'ennemi déclaré*
5136. Curzio Malaparte	*Le compagnon de voyage*
5137. Mona Ozouf	*Composition française*
5138. Orhan Pamuk	*La maison du silence*
5139. J.-B. Pontalis	*Le songe de Monomotapa*
5140. Shûsaku Endô	*Silence*
5141. Alexandra Strauss	*Les démons de Jérôme Bosch*
5142. Sylvain Tesson	*Une vie à coucher dehors*
5143. Zoé Valdés	*Danse avec la vie*
5144. François Begaudeau	*Vers la douceur*
5145. Tahar Ben Jelloun	*Au pays*
5146. Dario Franceschini	*Dans les veines ce fleuve d'argent*
5147. Diego Gary	*S. ou L'espérance de vie*
5148. Régis Jauffret	*Lacrimosa*
5149. Jean-Marie Laclavetine	*Nous voilà*
5150. Richard Millet	*La confession négative*

5151. Vladimir Nabokov — *Brisure à senestre*
5152. Irène Némirovsky — *Les vierges* et autres nouvelles
5153. Michel Quint — *Les joyeuses*
5154. Antonio Tabucchi — *Le temps vieillit vite*
5155. John Cheever — *On dirait vraiment le paradis*
5156. Alain Finkielkraut — *Un cœur intelligent*
5157. Cervantès — *Don Quichotte I*
5158. Cervantès — *Don Quichotte II*
5159. Baltasar Gracian — *L'Homme de cour*
5160. Patrick Chamoiseau — *Les neuf consciences du Malfini*
5161. François Nourissier — *Eau de feu*
5162. Salman Rushdie — *Furie*
5163. Ryûnosuke Akutagawa — *La vie d'un idiot*
5164. Anonyme — *Saga d'Eiríkr le Rouge*
5165. Antoine Bello — *Go Ganymède!*
5166. Adelbert von Chamisso — *L'étrange histoire de Peter Schlemihl*
5167. Collectif — *L'art du baiser*
5168. Guy Goffette — *Les derniers planteurs de fumée*
5169. H.P. Lovecraft — *L'horreur de Dunwich*
5170. Léon Tolstoï — *Le Diable*
5171. J.G. Ballard — *La vie et rien d'autre*
5172. Sebastian Barry — *Le testament caché*
5173. Blaise Cendrars — *Dan Yack*
5174. Philippe Delerm — *Quelque chose en lui de Bartleby*
5175. Dave Eggers — *Le grand Quoi*
5176. Jean-Louis Ezine — *Les taiseux*
5177. David Foenkinos — *La délicatesse*
5178. Yannick Haenel — *Jan Karski*
5179. Carol Ann Lee — *La rafale des tambours*
5180. Grégoire Polet — *Chucho*
5181. J.-H. Rosny Aîné — *La guerre du feu*
5182. Philippe Sollers — *Les Voyageurs du Temps*
5183. Stendhal — *Aux âmes sensibles* (à paraître)
5184. Alexandre Dumas — *La main droite du sire de Giac* et autres nouvelles

5185. Edith Wharton	*Le miroir* suivi de *Miss Mary Pask*
5186. Antoine Audouard	*L'Arabe*
5187. Gerbrand Bakker	*Là-haut, tout est calme*
5188. David Boratav	*Murmures à Beyoğlu*
5189. Bernard Chapuis	*Le rêve entouré d'eau*
5190. Robert Cohen	*Ici et maintenant*
5191. Ananda Devi	*Le sari vert*
5192. Pierre Dubois	*Comptines assassines*
5193. Pierre Michon	*Les Onze*
5194. Orhan Pamuk	*D'autres couleurs*
5195. Noëlle Revaz	*Efina*
5196. Salman Rushdie	*La terre sous ses pieds*
5197. Anne Wiazemsky	*Mon enfant de Berlin*
5198. Martin Winckler	*Le Chœur des femmes*
5199. Marie NDiaye	*Trois femmes puissantes*
5200. Gwenaëlle Aubry	*Personne*
5201. Gwenaëlle Aubry	*L'isolée* suivi de *L'isolement*
5202. Karen Blixen	*Les fils de rois* et autres contes
5203. Alain Blottière	*Le tombeau de Tommy*
5204. Christian Bobin	*Les ruines du ciel*
5205. Roberto Bolaño	*2666*
5206. Daniel Cordier	*Alias Caracalla*
5207. Erri De Luca	*Tu, mio*
5208. Jens Christian Grøndahl	*Les mains rouges*
5209. Hédi Kaddour	*Savoir-vivre*
5210. Laurence Plazenet	*La blessure et la soif*
5211. Charles Ferdinand Ramuz	*La beauté sur la terre*
5212. Jón Kalman Stefánsson	*Entre ciel et terre*
5213. Mikhaïl Boulgakov	*Le Maître et Marguerite*
5214. Jane Austen	*Persuasion*
5215. François Beaune	*Un homme louche*
5216. Sophie Chauveau	*Diderot, le génie débraillé*
5217. Marie Darrieussecq	*Rapport de police*
5218. Michel Déon	*Lettres de château*
5219. Michel Déon	*Nouvelles complètes*

5220.	Paula Fox	*Les enfants de la veuve*
5221.	Franz-Olivier Giesbert	*Un très grand amour*
5222.	Marie-Hélène Lafon	*L'Annonce*
5223.	Philippe Le Guillou	*Le bateau Brume*
5224.	Patrick Rambaud	*Comment se tuer sans en avoir l'air*
5225.	Meir Shalev	*Ma Bible est une autre Bible*
5226.	Meir Shalev	*Le pigeon voyageur*
5227.	Antonio Tabucchi	*La tête perdue de Damasceno Monteiro*
5228.	Sempé-Goscinny	*Le Petit Nicolas et ses voisins*
5229.	Alphonse de Lamartine	*Raphaël*
5230.	Alphonse de Lamartine	*Voyage en Orient*
5231.	Théophile Gautier	*La cafetière* et autres contes fantastiques
5232.	Claire Messud	*Les Chasseurs*
5233.	Dave Eggers	*Du haut de la montagne, une longue descente*
5234.	Gustave Flaubert	*Un parfum à sentir ou Les Baladins* suivi de *Passion et vertu*
5235.	Carlos Fuentes	*En bonne compagnie* suivi de *La chatte de ma mère*
5236.	Ernest Hemingway	*Une drôle de traversée*
5237.	Alona Kimhi	*Journal de Berlin*
5238.	Lucrèce	*« L'esprit et l'âme se tiennent étroitement unis »*
5239.	Kenzaburô Ôé	*Seventeen*
5240.	P.G. Wodehouse	*Une partie mixte à trois* et autres nouvelles du green
5241.	Melvin Burgess	*Lady*
5242.	Anne Cherian	*Une bonne épouse indienne*
5244.	Nicolas Fargues	*Le roman de l'été*
5245.	Olivier Germain-Thomas	*La tentation des Indes*
5246.	Joseph Kessel	*Hong-Kong et Macao*
5247.	Albert Memmi	*La libération du Juif*

5248.	Dan O'Brien	*Rites d'automne*
5249.	Redmond O'Hanlon	*Atlantique Nord*
5250.	Arto Paasilinna	*Sang chaud, nerfs d'acier*
5251.	Pierre Péju	*La Diagonale du vide*
5252.	Philip Roth	*Exit le fantôme*
5253.	Hunter S. Thompson	*Hell's Angels*
5254.	Raymond Queneau	*Connaissez-vous Paris ?*
5255.	Antoni Casas Ros	*Enigma*
5256.	Louis-Ferdinand Céline	*Lettres à la N.R.F.*
5257.	Marlena de Blasi	*Mille jours à Venise*
5258.	Éric Fottorino	*Je pars demain*
5259.	Ernest Hemingway	*Îles à la dérive*
5260.	Gilles Leroy	*Zola Jackson*
5261.	Amos Oz	*La boîte noire*
5262.	Pascal Quignard	*La barque silencieuse (Dernier royaume, VI)*
5263.	Salman Rushdie	*Est, Ouest*
5264.	Alix de Saint-André	*En avant, route !*
5265.	Gilbert Sinoué	*Le dernier pharaon*
5266.	Tom Wolfe	*Sam et Charlie vont en bateau*
5267.	Tracy Chevalier	*Prodigieuses créatures*
5268.	Yasushi Inoué	*Kôsaku*
5269.	Théophile Gautier	*Histoire du Romantisme*
5270.	Pierre Charras	*Le requiem de Franz*
5271.	Serge Mestre	*La Lumière et l'Oubli*
5272.	Emmanuelle Pagano	*L'absence d'oiseaux d'eau*
5273.	Lucien Suel	*La patience de Mauricette*
5274.	Jean-Noël Pancrazi	*Montecristi*
5275.	Mohammed Aïssaoui	*L'affaire de l'esclave Furcy*
5276.	Thomas Bernhard	*Mes prix littéraires*
5277.	Arnaud Cathrine	*Le journal intime de Benjamin Lorca*
5278.	Herman Melville	*Mardi*
5279.	Catherine Cusset	*New York, journal d'un cycle*
5280.	Didier Daeninckx	*Galadio*
5281.	Valentine Goby	*Des corps en silence*
5282.	Sempé-Goscinny	*La rentrée du Petit Nicolas*
5283.	Jens Christian Grøndahl	*Silence en octobre*
5284.	Alain Jaubert	*D'Alice à Frankenstein (Lumière de l'image, 2)*

5285.	Jean Molla	*Sobibor*
5286.	Irène Némirovsky	*Le malentendu*
5287.	Chuck Palahniuk	*Pygmy* (à paraître)
5288.	J.-B. Pontalis	*En marge des nuits*
5289.	Jean-Christophe Rufin	*Katiba*
5290.	Jean-Jacques Bernard	*Petit éloge du cinéma d'aujourd'hui*
5291.	Jean-Michel Delacomptée	*Petit éloge des amoureux du silence*
5292.	Mathieu Terence	*Petit éloge de la joie*
5293.	Vincent Wackenheim	*Petit éloge de la première fois*
5294.	Richard Bausch	*Téléphone rose* et autres nouvelles
5295.	Collectif	*Ne nous fâchons pas ! Ou L'art de se disputer au théâtre*
5296.	Collectif	*Fiasco ! Des écrivains en scène*
5297.	Miguel de Unamuno	*Des yeux pour voir*
5298.	Jules Verne	*Une fantaisie du docteur Ox*
5299.	Robert Charles Wilson	*YFL-500*
5300.	Nelly Alard	*Le crieur de nuit*
5301.	Alan Bennett	*La mise à nu des époux Ransome*
5302.	Erri De Luca	*Acide, Arc-en-ciel*
5303.	Philippe Djian	*Incidences*
5304.	Annie Ernaux	*L'écriture comme un couteau*
5305.	Élisabeth Filhol	*La Centrale*
5306.	Tristan Garcia	*Mémoires de la Jungle*
5307.	Kazuo Ishiguro	*Nocturnes. Cinq nouvelles de musique au crépuscule*
5308.	Camille Laurens	*Romance nerveuse*
5309.	Michèle Lesbre	*Nina par hasard*
5310.	Claudio Magris	*Une autre mer*
5311.	Amos Oz	*Scènes de vie villageoise*
5312.	Louis-Bernard Robitaille	*Ces impossibles Français*
5313.	Collectif	*Dans les archives secrètes de la police*

5314.	Alexandre Dumas	*Gabriel Lambert*
5315.	Pierre Bergé	*Lettres à Yves*
5316.	Régis Debray	*Dégagements*
5317.	Hans Magnus Enzensberger	*Hammerstein ou l'intransigeance*
5318.	Éric Fottorino	*Questions à mon père*
5319.	Jérôme Garcin	*L'écuyer mirobolant*
5320.	Pascale Gautier	*Les vieilles*
5321.	Catherine Guillebaud	*Dernière caresse*
5322.	Adam Haslett	*L'intrusion*
5323.	Milan Kundera	*Une rencontre*
5324.	Salman Rushdie	*La honte*
5325.	Jean-Jacques Schuhl	*Entrée des fantômes*
5326.	Antonio Tabucchi	*Nocturne indien* (à paraître)
5327.	Patrick Modiano	*L'horizon*
5328.	Ann Radcliffe	*Les Mystères de la forêt*
5329.	Joann Sfar	*Le Petit Prince*
5330.	Rabaté	*Les petits ruisseaux*
5331.	Pénélope Bagieu	*Cadavre exquis*
5332.	Thomas Buergenthal	*L'enfant de la chance*
5333.	Kettly Mars	*Saisons sauvages*
5334.	Montesquieu	*Histoire véritable et autres fictions*
5335.	Chochana Boukhobza	*Le Troisième Jour*
5336.	Jean-Baptiste Del Amo	*Le sel*
5337.	Bernard du Boucheron	*Salaam la France*
5338.	F. Scott Fitzgerald	*Gatsby le magnifique*
5339.	Maylis de Kerangal	*Naissance d'un pont*
5340.	Nathalie Kuperman	*Nous étions des êtres vivants*
5341.	Herta Müller	*La bascule du souffle*
5342.	Salman Rushdie	*Luka et le Feu de la Vie*
5343.	Salman Rushdie	*Les versets sataniques*
5344.	Philippe Sollers	*Discours Parfait*
5345.	François Sureau	*Inigo*

Composition Floch
Impression Maury-Imprimeur
45330 Malesherbes
le 10 avril 2012.
Dépôt légal : avril 2012.
Numéro d'imprimeur : 172553.

ISBN 978-2-07-044652-0. / Imprimé en France.

239054